Pour Josette.

Prologue

– Confesse à présent ta faute devant l'assemblée de tes frères, Sarah Verdier, car, tu le sais, « si nous avouons nos péchés, Jésus-Christ nous en purifiera ».

Le Tuteur avait parlé de sa voix lente et solennelle, en marquant comme à son habitude une légère pause avant de citer les Saintes Écritures. Deux cents paires d'yeux se sont tournées vers moi. Je me suis sentie tout à coup très petite, j'aurais voulu reculer dans les jupes de ma mère, mais mon père m'a poussée vers le centre du cercle.

– Allons, parle sans crainte, a poursuivi le Tuteur. Car, tu le sais, nous sommes… « capables d'indulgence pour l'ignorant et l'égaré ». Si Pauline a révélé ta faute, c'est pour éviter que tu ne t'engages sur un mauvais chemin.

Je me taisais, je gardais les yeux baissés. Je n'aimais pas le Tuteur, avec ses yeux d'un bleu si froid, ses lèvres minces qui ne souriaient jamais et les horribles poils qui sortaient de ses narines. Et je n'aimais pas non plus Pauline, qui passait son temps à m'espionner pour avoir ensuite le plaisir de me dénoncer.

– Voyons, Sarah, tu veux être purifiée de ta faute, n'est-ce pas ? Tu ne veux pas devenir l'ennemie du Seigneur ?

Devenir l'ennemie du Seigneur ? Qui pourrait vouloir une chose pareille ?

– Non, ai-je dit dans un souffle.

– Alors nous écoutons ta confession.

– Je… je confesse que ce matin, à la récré… quelqu'un m'a donné un bonbon et… et je l'ai pris… et…

Je me suis interrompue, au bord des larmes.

– Tu l'as pris et tu l'as mangé ! a fini à ma place le Tuteur. Et tu as parlé un long moment avec la fille qui te l'a donné. Une fille qui n'est pas des nôtres.

Il n'y avait pas de colère dans sa voix grave, plutôt de la tristesse : il semblait profondément peiné par mon indiscipline.

– Voyons, Sarah, a-t-il repris, faut-il que je te rappelle ce qu'a dit le Seigneur ? « Ne touchez à rien d'impur et moi je vous accueillerai. » Si tu veux être un vase précieux dans la maison de Dieu, tu dois te tenir à l'écart de ceux qui ne sont que des vases grossiers et impurs. Tu dois te détourner d'eux et ne partager aucune nourriture avec eux. Tu le sais, n'est-ce pas ? Car tu vis dans la Vérité et la Justice tandis que le monde vit dans l'ignorance et le péché.

J'ai hoché la tête sans rien dire. Oui, je le savais. Je ne devais pas parler à Manon parce qu'elle ne faisait pas partie de la Communauté et qu'elle vivait dans l'ignorance et le péché. Et pourtant Manon m'avait laissé le bonbon à la framboise, alors que c'était aussi son préféré. Manon était douce et gentille, et très jolie. J'aurais bien voulu être son amie.

Le Tuteur s'est penché vers moi.

– Tu vas promettre au Seigneur de ne plus retomber dans ta faute à l'avenir, n'est-ce pas ? Tu le promets ?

J'ai relevé la tête et j'ai dit :

– Non.

J'avais six ans.

Première partie

Soirée d'été

J'ai relevé la tête et j'ai dit :

– Non. Je ne veux pas changer d'école. Pas pour ma dernière année de collège… S'il vous plaît !

Ma mère en a presque lâché la louchée de pâtes qu'elle servait et a ouvert la bouche une seconde, comme un gros poisson, avant de la refermer pour laisser parler mon père.

– Il ne s'agit pas de ce que tu veux, a-t-il dit sans hausser le ton. La Communauté a fait le choix de ne plus envoyer les enfants au collège public. Il n'y a pas à discuter.

– Mais…, ai-je commencé.

– Mange en silence, je te prie, a coupé mon père.

Je me suis mordu les lèvres pour contenir ma colère et j'ai touillé nerveusement la colline de pâtes qui garnissait mon assiette. De l'autre côté de la table, mon frère Nicolas baissait le nez sans rien laisser paraître, bien qu'il soit sans doute aussi fâché que moi à l'idée de quitter le collège. Je ne lui en voulais pas de son silence. Je connaissais sa stratégie : ne jamais manifester d'opposition ouverte, et agir en douce.

Mais moi, je ne pouvais pas dissimuler comme lui, j'étais trop bouleversée. M'empêcher de retourner au collège, c'était me priver de ma bouffée d'oxygène. Comment allais-je survivre sans voir Manon, Mme Castellane… Olivier ? Des larmes de chagrin et de rage m'ont soudain embué les yeux.

– Je comprends pas comment tu peux être si contente de venir au collège, m'avait dit un jour Manon d'un ton agacé. C'est tellement galère !

C'était quelques mois plus tôt, pendant l'année de quatrième. On était au CDI, profitant de l'absence du prof de maths pour préparer notre exposé sur Maupassant, et je me sentais très heureuse. D'abord d'être au CDI, qui était mon endroit préféré au collège, avec tous ces livres et ces magazines qu'on pouvait consulter sous l'œil bienveillant de Mme Castellane. Et puis de faire équipe avec Manon pour l'exposé. D'habitude, chaque fois qu'il fallait faire un travail à deux, je me retrouvais enchaînée à Pauline, l'autre fille de la Communauté et mon ennemie de toujours, qui était dans la même classe que moi depuis la maternelle, mais cette semaine-là Pauline était coincée chez elle par une bonne grippe et j'avais sauté sur l'occasion.

– Non, vraiment, a repris Manon, c'est trop bizarre comme tu aimes le collège. Moi, je préfère être n'importe où plutôt qu'ici !

J'ai soupiré.

– Bien sûr, toi, en sortant, tu vas chez une copine, ou à ton cours de judo, ou à la piscine…

– Ou je rentre chez moi faire mes devoirs, a continué Manon en riant. Trop super !

– Au moins il n'y a pas quelqu'un qui t'attend en voiture devant le portail pour t'embarquer aussitôt à la maison, à midi et le soir !

– Moi, je trouve que tu as de la chance de rentrer manger chez toi. La cantine, c'est vraiment pas bon !

– Peut-être, mais tu restes avec les autres, tu peux discuter, rigoler. J'aimerais bien…

Je me suis interrompue. Mme Castellane avait levé la tête.

– Je sais, a dit Manon, c'est bête que t'aies pas le droit de manger avec nous. Vous êtes vraiment trop à part, vous les Rigoureux… Tu veux même pas venir chez moi !

– C'est pas ma faute, ai-je rétorqué à voix basse. Je dois suivre la règle. Et puis on s'appelle pas les « Rigoureux », mais les « chrétiens rigoristes », je te l'ai déjà dit.

– Bon, mais tu sais bien que tout le monde

vous appelle comme ça… En tout cas c'est dommage, parce qu'on ne peut presque jamais se parler… Alors c'est dur d'être vraiment copines.

J'ai senti mon cœur se serrer.

– Mais tu veux bien quand même ? ai-je demandé d'une voix hésitante.

– Quoi ?

– Qu'on soit copines ?

Manon a souri gentiment.

– Bien sûr, idiote.

– Moins fort, les filles ! nous a jeté Mme Castellane.

Mais elle n'avait pas l'air fâché. Au contraire.

– Sarah, dépêche-toi de manger, ça va être tout froid, m'a houspillée ma mère. Nicolas, tu en veux encore ?… Béatrice, finis ton assiette, tu n'as presque rien mangé ! Elles sont bonnes pourtant, mes pâtes, non ?

J'ai étouffé un soupir d'agacement. Le ton enjoué et l'agitation incessante de ma mère me tapaient sur les nerfs, tout autant que le calme imperturbable de mon père. Ça leur était bien égal, à eux, que je sois dévastée par ce changement d'école. Du moment que la Communauté avait décidé… Mais je ne pouvais me résigner à me taire.

– Excuse-moi, papa, est-ce que je peux poser une question ? J'ai fini mon assiette.

Mon père s'est contenté de hocher la tête en signe d'assentiment.

– Est-ce que c'est une décision du Tuteur ou de tout le Conseil des Sages ?

– Tu parles de l'ouverture de notre école ? La décision vient de bien plus haut, du Ministre de Dieu lui-même. Aux États-Unis et en Australie, il y a longtemps que les enfants de la Communauté ne fréquentent plus les collèges publics, et le Ministre souhaite qu'il en soit de même en Europe. Nous sommes devenus assez nombreux à Saint-Gabin pour pouvoir créer notre propre école, avec l'aide généreuse de nos frères américains, et vous protéger ainsi de la violence, des problèmes de moralité ou de drogue. La vie au collège est rarement compatible avec nos valeurs, tu as dû t'en apercevoir. Il faut au contraire te réjouir de ce changement et remercier dans tes prières ceux qui veillent à te maintenir dans le droit chemin.

Oui, encore une fois, c'était pour mon bien qu'on agissait. Pour m'empêcher de céder aux tentations mauvaises qui me guettaient dans « le monde ». Je pouvais le comprendre, mais de là à m'en réjouir...

– Dépêchez-vous, il est l'heure ! a claironné ma mère. Allez vite vous préparer !

Comme tous les soirs, il fallait se rendre à l'assemblée pour la prière. J'ai filé avec résignation vers les étagères à chaussures. Nicolas était en train d'enfiler sa veste et je n'ai pas résisté au plaisir de le bousculer. Bien qu'il n'ait que douze ans et moi bientôt quinze, il était presque aussi grand que moi et il a riposté aussitôt, m'empoignant sans ménagement. C'était un petit jeu qu'on adorait.

– Arrêtez de chahuter, a soupiré Élise, vous êtes fatigants !

Élise avait dix-huit ans. C'était la troisième de la famille, mais comme nos deux grands frères étaient déjà mariés et installés dans leur propre maison, elle avait endossé le rôle de l'aînée raisonnable et commandante, toujours à nous surveiller et à nous faire la morale. Je la trouvais super agaçante.

– Vraiment, Sarah, a-t-elle ajouté en prenant un air sévère qui ne collait pas du tout avec son visage rond et placide, on ne dirait pas que tu vas avoir quinze ans. Tu n'as plus l'âge de te comporter en garçon manqué. Quand je serai mariée, ce sera toi la plus grande. Tu devras donner l'exemple à Béatrice et seconder maman.

Ma mère est apparue dans l'entrée.

– Ah bien oui, je vais être bien montée avec une aide pareille ! Pas même fichue de cuisiner sans tout laisser brûler, souillon et mauvaise couturière !

Elle avait dit ça d'un ton rieur, mais je savais combien elle s'inquiétait de me voir si dépourvue des qualités essentielles que doit posséder une fille.

– Tiens, viens là, Sarah, a-t-elle poursuivi, que je t'arrange un peu.

Dans la bagarre avec mon frère, mon fichu avait glissé. Ce bout de tissu était mon cauchemar. J'étais supposée l'avoir en permanence sur la tête, comme toutes les chrétiennes rigoristes, puisque selon les Saintes Écritures « la femme a été créée pour l'homme et doit en avoir le signe sur la tête ». J'avais donc deux bonnes raisons de le détester : la première, c'est qu'il marquait mon appartenance au sexe jugé inférieur, la seconde, c'est qu'il me désignait comme une « Rigoureuse » aux yeux du « monde ». Ma mère l'a rajusté sur ma tête et a observé le résultat d'un œil critique.

– Pourquoi ne lâches-tu pas tes cheveux, au moins pour aller à l'assemblée ? m'a-t-elle demandé pour la millième fois. C'est quand même plus joli. Et tu sais en plus que tu ne devrais pas te faire de nattes, car il est écrit que les femmes « se parent non de tresses, ni d'or, ni de perles, ni de vêtements coûteux, mais d'œuvres bonnes ».

– Mais maman, ai-je répliqué moi aussi pour la millième fois, je ne me « pare » pas, c'est juste pour éviter qu'ils s'emmêlent, c'est tout.

J'ai tiré sur mes deux tresses d'un geste que je faisais souvent. Si j'avais pu les arracher !

J'aurais tant aimé avoir les cheveux courts! Et porter un pantalon, au lieu de ces sempiternelles jupes qui me battaient les mollets! Mais bien sûr, cela aurait été contraire aux Saintes Écritures. Quand on appartenait à la Communauté, on ne pouvait pas aller contre la parole de Dieu, comme le faisaient les autres, les insensés qui vivaient dans « le monde » et avaient oublié les vraies valeurs. Mais je trouvais ça vraiment difficile.

Élise et Béatrice, en revanche, n'avaient pas l'air de souffrir de notre accoutrement. Élise était très fière de ses cheveux, d'un châtain plus clair que les miens, et qui dégringolaient dans son dos en une cascade soyeuse. Sa coquetterie s'accommodait sans problème de la parole de Dieu et elle trouvait même affreuses et ridicules les filles qui portaient des jeans ou des shorts. Quant à Béatrice, on aurait pu l'habiller d'un sac-poubelle qu'elle s'en serait moquée, perdue comme elle l'était dans son monde à elle, peuplé d'animaux et de rêveries secrètes. Je me sentais si différente de mes sœurs : heureusement qu'il y avait Nicolas! Lui aussi, il avait parfois du mal à supporter les règles de la Communauté, surtout depuis qu'il était copain avec Sélim. Sélim était arrivé l'année précédente au village, avec sa famille. C'était le seul Arabe du collège. Il n'avait jamais entendu parler des chrétiens rigoristes et quand Nicolas était venu lui parler, ça ne l'avait pas étonné. Il avait même été plutôt content, étant donné qu'il ne connaissait personne dans notre bled. Nicolas et lui s'étaient découvert une passion commune pour le foot et étaient devenus bons copains, de façon évidemment clandestine. Pour mon frère ça n'avait pas été simple, mais il était astucieux et doué pour le mensonge : une fois par semaine, profitant d'une heure de trou entre la fin des cours et sa séance chez l'orthophoniste, il filait passer un moment chez Sélim au lieu de patienter sagement dans la salle d'attente en attendant son tour, comme il était censé le faire. J'étais la seule à être au courant. Il savait qu'il pouvait me faire confiance et il ne m'avait pas caché qu'il se permettait chez Sélim tout ce qui nous était interdit : regarder la télé, jouer à des jeux électroniques, et même manger des pâtisseries avec ces étrangers ! Si notre père apprenait ça… je n'osais pas penser à ce qui se produirait !

En montant dans le monospace, j'ai lancé une bourrade affectueuse à mon frère.

– Sarah, Nicolas, installez-vous calmement. Je vous rappelle que nous allons à la prière, a dit mon père en nous jetant un regard fâché dans le rétroviseur.

La voiture roulait entre les pavillons du lotissement. Dans les jardinets, des pères s'affairaient autour du barbecue, des enfants faisaient de la balançoire, des gens sirotaient un verre dans leurs fauteuils de plastique blanc. D'autres étaient déjà rentrés dans leur maison et j'entrevoyais par leurs fenêtres la lueur bleutée de la télévision. On allait bientôt passer devant chez les Derval. Comme à chaque fois, je me suis concentrée de toutes mes forces en espérant voir Olivier, mais devant la grosse villa aux volets verts il n'y avait que M. Derval, qui fumait sa cigarette tout en arrosant les plates-bandes. Notre voiture a imperceptiblement ralenti, non pas que mon père ait voulu me donner l'occasion de vérifier qu'Olivier était bien le garçon le plus séduisant de la Terre, mais simplement parce qu'il ne pouvait s'empêcher d'admirer lui-même du coin de l'œil le beau jardin fleuri des Derval.

– Quelles marguerites magnifiques, me suis-je écriée exprès pour l'embêter... C'est si joli à côté des fleurs roses. Tu devrais en mettre chez nous, papa.

– Il ferait mieux d'ajouter une rangée de salades, plutôt, a rétorqué ma mère. Les fleurs, il y en a déjà bien trop dans le jardin. Ça lui prend un temps fou et pour quoi ? Pour rien !

Mon père n'a rien répondu. Le pauvre ! Les fleurs, c'était sa faiblesse ; en été, il se levait à l'aube et se glissait au jardin comme un maraudeur pour s'en occuper avant de rejoindre l'entreprise de Jean Vizade, un des « Sages » de la Communauté, où il était électricien. Ma mère avait beau râler contre cette occupation futile et presque impie, elle n'avait pas réussi à faire disparaître de notre jardin campanules, œillets de poète, roses et delphiniums.

– Moi, je trouve que c'est beau, d'avoir des fleurs autour des maisons, a dit soudain Béatrice.

On pouvait toujours compter sur elle pour prendre la défense de papa. Il y avait entre ces deux-là une complicité spéciale, que j'enviais parfois. Peut-être parce qu'ils se ressemblaient : plutôt maigres, avec des cheveux fins et châtain clair, un visage mélancolique, des gestes lents, un tempérament taciturne. Nicolas et moi, nous tenions en revanche nettement de maman. Nous avions hérité d'elle son corps trapu et musclé, son visage rond, ses cheveux bruns et drus, son énergie. Élise était entre les deux : plutôt maman par sa silhouette petite et ronde et son nez retroussé, mais avec des cheveux châtains et un caractère placide.

– Notre rue, elle est jolie parce qu'il y a beaucoup de fleurs, a repris Béatrice.

Mon père lui a jeté un regard reconnaissant dans le rétroviseur : Béatrice, c'était son autre faiblesse.

Moi aussi, j'aimais notre rue, mais c'était surtout parce qu'aucune autre famille de la Communauté n'y habitait : ça m'évitait de me sentir en permanence surveillée par les voisins. Ma mère en revanche déplorait notre relatif isolement. Elle aurait de loin préféré vivre de l'autre côté du village, dans le quartier de la Collinette, là où étaient regroupées la plupart des familles rigoristes et où se trouvait également notre église.

La voiture longeait la place du marché. En cette tiède soirée de fin août, les joueurs de pétanque occupaient encore le terrain et la terrasse du café était remplie. Sur les marches de la poste, une demi-douzaine de jeunes discutaient. J'ai reconnu Manon et lui ai fait un signe de tête, mais elle ne m'a pas vue. Comme il aurait fait bon flâner dehors avec elle, s'attabler en terrasse pour déguster une glace, ou même rester au jardin avec un bon roman ! Je n'avais pas la moindre envie d'aller m'enfermer comme chaque soir dans ce triste bâtiment sans fenêtres qui nous servait d'église, à écouter le Tuteur ou un autre des « Sages » lire et commenter inlassablement des passages de la Bible déjà cent fois lus et commentés, ou nous faire part des dernières instructions du Ministre de Dieu tout juste arrivées des États-Unis.

Quittant le centre de Saint-Gabin, nous nous sommes engagés sur la route qui menait à la Collinette et avons bientôt dépassé des familles de la Communauté qui se rendaient à pied à l'assemblée. En général le père marchait devant, suivi des enfants les plus grands, et la mère formait l'arrière-garde avec les plus jeunes, le petit dernier dans les bras ou en poussette. Trente ans plus tôt, le Ministre de Dieu de l'époque, un frère australien, avait décrété que six enfants était le chiffre idéal pour une famille et depuis lors les membres de la Communauté, selon ses instructions, s'étaient multipliés de par le monde. Mes parents avaient accompli leur devoir comme les autres : Luc, William, Élise, moi, Nicolas et Béatrice étions venus grossir tour à tour les rangs des chrétiens rigoristes.

Sur le parking de l'église, les breaks familiaux, les monospaces et les minibus déversaient des grappes de garçons aux cheveux ras et de filles en jupes longues, leur petit foulard sur la tête. J'ai repéré de loin les magnifiques cheveux blond-roux de Floriane Leroy. Les Leroy étaient de bons amis de notre famille et je m'entendais assez bien avec leur fille qui avait un an de plus que moi. La fréquentation quotidienne de ses quatre petits frères avait fait de Floriane une championne des jeux de ballon et, comme moi, elle adorait jouer au foot avec les garçons. Son visage s'est éclairé d'un sourire en me voyant.

– Salut, ça va depuis hier ? m'a-t-elle soufflé.

– Non, pas trop, j'ai dit à mes parents que je voulais rester faire ma troisième au collège mais bien sûr ça n'a servi à rien.

– Tu leur as dit ça ? s'est étonnée Floriane. Tu as de la chance qu'ils soient gentils. Moi, mon père m'aurait aussitôt punie d'enfermement dans ma chambre ! Mais je ne comprends pas pourquoi ça t'embête, ce changement d'école. On sera entre nous, ce sera beaucoup mieux. De toute façon, au collège on restait à part et les autres se moquaient de nous. Moi, je suis contente : au lieu de préparer ma formation de comptable chez moi, il paraît que je pourrai la faire à l'école. Comme ça on pourra continuer à se…

Je l'ai coupée :

– Ta formation de comptable ? Mais tu ne voulais pas suivre une seconde générale par correspondance ?

– Oh, ça ne me servirait à rien d'avoir un bac général, puisque je n'aurai pas le droit de faire d'études après, tu sais. Si j'apprends la comptabilité, je pourrai aider mon père à la menuiserie, ce sera plus utile.

Le problème avec Floriane, c'était qu'elle s'accommodait de tout avec la même placidité résignée. J'aurais voulu continuer à discuter, mais il était l'heure d'entrer. Au moment de franchir la lourde porte et de pénétrer dans la salle aux murs nus éclairée au néon, j'ai tourné la tête avec regret vers la douce lumière de cette soirée d'été.

Lecture et nettoyage à sec

– Sarah, peux-tu faire une phrase en utilisant la tournure « *I use to…* » ?

J'ai levé un œil morne vers Mlle Fraisse, la répétitrice d'anglais. De tous les profs de notre nouvelle école, c'était de loin la plus gentille, aussi ai-je fait un effort pour répondre, malgré mon peu d'envie.

– *I use to go to church everyday*, ai-je lancé avec une moue résignée.

– *Very good, Sarah !* À toi, Pauline…

Je me suis replongée dans mes ruminations. Cela faisait trois semaines que la rentrée avait eu lieu au « Centre de soutien scolaire de la Collinette », et je me sentais déjà à bout, à bout de patience, à bout d'ennui. Dans notre « classe » de troisième, nous étions cinq, dont bien sûr l'inévitable Pauline, mais aussi Madeleine

Thérot, la plus jeune des filles du Tuteur, et deux garçons. Personne pour me remonter le moral. Heureusement, Floriane nous rejoignait pour certains cours, cela faisait au moins quelqu'un avec qui bavarder. Quant aux « professeurs », c'étaient en réalité de simples répétiteurs, qui supervisaient le travail que nous faisions à partir des cours par correspondance. Ils étaient dans l'ensemble très jeunes, et tous extérieurs à la Communauté, mais les ordres étaient très stricts : pas question de nouer des contacts personnels entre enseignants et élèves, ni de discuter de quoi que ce soit d'extrascolaire. À peine les cours terminés, ils s'éclipsaient, peu soucieux de s'attarder dans cette école d'un genre spécial où ils ne semblaient guère à l'aise. Celui qui était chargé des sciences était le plus embarrassé : il devait réussir à traiter le programme tout en respectant notre doctrine, c'est-à-dire sans parler ni d'évolution des espèces ni de sexualité. J'avais constaté en examinant la table des matières que les pages traitant de ces questions avaient été arrachées de nos manuels. Au collège, les années précédentes, il y avait des cours auxquels nous n'avions pas le droit d'assister, par exemple lorsque le prof projetait un film ou qu'il s'agissait d'éducation sexuelle, mais je pouvais au moins compter sur Manon pour avoir un compte rendu de ces séances.

Le collège me manquait terriblement : la

classe et sa grosse vingtaine d'élèves, trop bruyante et dissipée, bien sûr, mais tellement vivante et diverse ; l'amitié de Manon, plus précieuse encore d'être clandestine ; les récrés pendant lesquelles je pouvais observer discrètement Olivier ; le CDI où je me faufilais chaque fois que possible, tâchant ensuite de lire en cachette les romans recommandés par Mme Castellane. Cette année, pour seule lecture, j'en étais réduite à mon manuel de français, que j'avais dévoré intégralement dès la première semaine. Les extraits de textes étaient autant d'appâts qui m'avaient mis l'eau à la bouche tout en me laissant sur ma faim : à partir d'une page ou deux et de quelques lignes de résumé, j'essayais de reconstituer l'histoire et d'imaginer la suite. Mais ce n'était guère satisfaisant, ces bribes de romans, ces scènes isolées de pièces de théâtre, ces poèmes tronqués. Par chance, le livre de français n'avait pas subi le même sort que celui de sciences et avait échappé à l'arrachage de pages. Pourtant, je m'en étais rendu compte, certains textes n'étaient pas du tout, du tout conformes aux enseignements de l'Église des chrétiens rigoristes. Il y avait par exemple une page tirée du *Dictionnaire philosophique*, de Voltaire, qui s'intitulait « Liberté de penser ». On y assistait à une dispute entre un Anglais et un Portugais. L'Anglais, que notre Tuteur aurait sans doute désapprouvé, déclarait par exemple : « Osez penser par vous-même.

Nous ne sommes heureux en Angleterre que depuis que chacun jouit librement du droit de dire son avis. » Le Portugais répondait alors : « Nous sommes aussi fort tranquilles à Lisbonne, où personne ne peut dire le sien. » « Vous êtes tranquilles, rétorquait l'Anglais, mais vous n'êtes pas heureux ; c'est la tranquillité des galériens, qui rament en silence et en cadence. » Le Portugais, très entêté, ne se laissait pas facilement convaincre : « Mais si je me trouve bien aux galères ? » « En ce cas, vous méritez d'y être », concluait alors l'Anglais d'une phrase sans appel.

Un galérien qui rame en cadence et en silence, c'était tout à fait le sentiment que me donnait mon existence. Oui, j'étais peut-être « tranquille », mais je n'étais pas « heureuse ». D'autres autour de moi pourtant, comme le Portugais, paraissaient se trouver bien aux galères : ma mère, Élise, Floriane. Pourquoi fallait-il que je me sente toujours insatisfaite ? Pourquoi n'étais-je pas capable d'apprécier la chance immense que j'avais de faire partie des véritables serviteurs de Dieu ? J'aurais dû comprendre que « la liberté de penser » ne pouvait rien signifier pour qui suivait le chemin tracé par Dieu, qu'elle n'était qu'une manifestation de l'orgueil impie des mécréants. J'ai levé les yeux vers la phrase affichée au-dessus du tableau. C'était une citation d'une lettre de saint Paul : « Nous abattons les pensées et toute morgue qui s'élève contre la science de Dieu, nous rendons toute intelligence prisonnière de l'obéissance au Christ. » Prisonnière.

Le jeudi suivant, je suis sortie de l'école à trois heures : lorsque j'avais mes règles, ma mère préférait me dispenser d'EPS, persuadée comme elle l'était que le sport est pour les filles une activité plus dangereuse que bénéfique, même en temps ordinaire. Je n'ai pas protesté. Au collège, j'adorais les cours d'EPS. Foot, ping-pong, athlétisme, basket, je me lançais dans chaque activité avec un enthousiasme qui me faisait apprécier de M. Robert, le prof, d'autant plus que la majorité des filles de la Communauté se débrouillaient pour être dispensées à l'année grâce à des certificats médicaux de complaisance. Le sport était mal vu chez nous, surtout pour les filles, car certains soutenaient que la tenue requise était contraire à l'interdiction faite aux femmes de s'habiller en hommes, même si le Ministre de Dieu avait accepté que l'on puisse faire une exception dans ce cas précis. J'avais dû me bagarrer ferme avec mes parents pour qu'ils me laissent participer aux cours.

Mais ici, au Centre de la Collinette, peu m'importait de manquer ou non l'EPS, pour ce qu'on y faisait : dans le cours réservé aux filles, on se contentait de trottiner autour du bâtiment et de faire de vagues assouplissements. Quand je m'en étais plainte à mes parents, mon père s'était contenté de citer une maxime des Saintes Écritures, comme d'habitude : « L'exercice corporel est peu utile, mais la piété est utile à tous. » Chapitre clos.

J'étais donc ce jour-là dispensée de cours de sport et ma mère m'a demandé de l'accompagner au supermarché, ce qui n'était pas pour me déplaire. Sous prétexte d'aider à remplir le Caddie, on pouvait traîner un peu dans les rayons, jeter un coup d'œil aux jeans et aux DVD, ou s'attarder quelques minutes devant l'écran allumé d'une télé. Dans l'allée des yaourts où je m'étais avancée en éclaireur, j'ai aperçu Mme Castellane, visiblement incapable de trancher entre les mérites des « brassés » et des « crémeux ». Je me suis approchée vivement.

– Bonjour, madame.

– Oh, bonjour Sarah. Il y avait longtemps que je ne t'avais pas vue. Comment ça se passe dans ta nouvelle école ?

J'ai jeté un coup d'œil furtif derrière moi : le Caddie de ma mère n'était toujours pas en vue.

– Pas très bien. Je regrette tellement le collège… le CDI, surtout. Au Centre, on n'a pas de bibliothèque, juste les livres au programme, et pas de magazines.

Mme Castellane a eu l'air chagriné.

– Écoute, Sarah, si je peux faire quelque chose pour toi… m'a-t-elle dit d'un ton hésitant. Tu devrais peut-être passer chez moi un jour, je te prêterai des livres si tu veux. C'est tellement dommage…

J'ai soupiré.

– Je ne pense pas que ce soit possible, mais c'est très gentil de votre part. Ça m'a fait super plaisir de vous voir en tout cas, vous donnerez le bonjour de ma part à Manon et aux autres, et aux profs aussi, surtout à monsieur Robert.

– Attends, a dit Mme Castellane en griffonnant rapidement au dos de sa liste de courses, je te laisse mon adresse et mon numéro de téléphone, au cas où…

J'ai empoché prestement le bout de papier, juste au moment où ma mère surgissait près des fromages râpés, dont elle a prélevé au passage deux gros paquets. Elle n'avait rien vu.

– Au revoir, madame, ai-je soufflé en empoignant un pack de dix-huit yaourts nature premier prix.

– Je vais te ramener à la maison, a dit ma mère en montant dans la voiture. Comme ça tu rangeras les courses pendant que je retournerai chercher ton frère et ta sœur à l'école et que je passerai prendre Élise. Et si tu as le temps, tu étendras le linge.

– Elle est où, Élise ?

– À son cours de cuisine. Aujourd'hui, c'est

chez Odette. Elle va nous ramener des tartes au poireau, on va se régaler… Et moi je n'aurai pas besoin de cuisiner ce soir, c'est formidable ! a conclu ma mère avec enthousiasme.

J'ai réprimé un haussement d'épaules. Comment faisait-elle pour garder toujours cette agaçante bonne humeur ? Avec son visage rond creusé de deux fossettes, ses yeux vifs et ses lèvres pleines étirées en un sempiternel sourire, elle était l'image même de la satisfaction. Et pourtant sa vie me paraissait encore moins enviable que la mienne, entre les va-et-vient à l'école, la cuisine, le ménage et les réunions de prières. Mais elle n'avait sans doute pas le temps de s'en rendre compte.

Les provisions à peine déchargées, elle est repartie au volant du monospace, en chantonnant un cantique de sa voix ferme et bien posée, qui lui valait l'admiration de l'assemblée lors du culte du dimanche. Cela me laissait une bonne demi-heure. Une demi-heure seule à la maison, une aubaine rare dont je devais profiter. J'ai attrapé les sacs de course et me suis ruée du frigo aux étagères à provisions, dressant des piles bancales de boîtes de conserve et de paquets de pâtes, déversant les patates dans le bac à légumes, enfournant les barquettes de viande au congélateur. Dix minutes, top chrono. J'ai repris mon souffle avant de décrocher le téléphone.

– Madame Castellane ? Excusez-moi de vous déranger, c'est Sarah… Je… je voulais vous dire que voilà, j'ai réfléchi, si vous êtes toujours d'accord pour me prêter des livres, vous pourriez peut-être les déposer pour moi chez votre belle-sœur, au pressing. Je m'arrangerai pour les récupérer samedi, en portant des vêtements à nettoyer… Non, non, c'est pas la peine que vous veniez me les porter à la maison. Au pressing, ce serait mieux… Oh, juste deux, parce que de toute façon je n'ai pas tellement l'occasion de lire… Je ne sais pas, une histoire d'amour, ou qui se passe dans un pays lointain… C'est très gentil, merci, merci beaucoup… Excusez-moi, mais je ne peux pas parler très longtemps, je dois y aller.

J'ai essayé ensuite d'appeler Manon, mais il n'y avait personne chez elle et son portable était éteint. Quel dommage, ça aurait été une occasion unique de bavarder tranquillement. Manon allait finir par m'oublier, j'en étais sûre : comment rester amies si on ne pouvait ni se voir ni se parler ?

J'ai vidé la machine à laver à grands gestes énervés : marre, marre de ces chemisiers de grand-mère, de ces jupes longues ! Marre d'étendre le linge ! Marre de ne plus voir Manon ! Marre de devoir ruser pour lire un roman ! Marre ! Pour tenter de me calmer, je me suis récité en boucle un verset des Proverbes : « L'insensé laisse sortir toute sa colère, mais le sage refoule la sienne. L'insensé laisse sortir… »

Samedi, c'était jour de marché au village et ma mère ne manquait jamais d'y aller, se levant tôt pour être dans les premières devant les étals, et nous emmenant, Élise, Béatrice et moi, pour nous apprendre l'art d'acheter judicieusement. Au moment de partir, je lui ai montré ma veste beige, dont j'avais soigneusement frotté les poignets et le col de mes mains crasseuses et grasses la veille au soir.

– Sarah, a gémi ma mère, comment fais-tu pour salir autant tes vêtements ? C'est cher, le pressing ! Mais bon, on en profitera pour porter aussi le costume gris de ton père.

– Je suis désolée, maman, j'irai au pressing pendant que tu seras au marché, ai-je proposé d'un air faussement contrit.

La belle-sœur de Mme Castellane m'a accueillie de cet air mi-curieux, mi-dédaigneux que prenaient les gens du village quand ils avaient affaire aux « Rigoureux ». De mon côté, j'observais mine de rien les mèches d'un roux aussi vif qu'artificiel hérissées sur sa tête, son maquillage appuyé, les breloques dorées à ses oreilles. L'image même de la femme insensée et impudique, selon ce qu'on m'avait enseigné. Mais je n'avais pas envie de la juger : d'abord parce qu'elle était la belle-sœur de Mme Castellane, mais surtout parce qu'elle était la mère d'Olivier Derval, qui avait hérité d'elle ses traits réguliers et sa taille élancée.

J'ai déposé sur le comptoir mon grand sac plastique et j'ai débité la phrase que j'avais préparée :

– Je viens porter ça à nettoyer, et puis je crois que madame Castellane a laissé un paquet pour moi… Sarah, Sarah Verdier.

– Ah oui, a fait Mme Derval. En effet. Tiens, le voilà.

Pendant qu'elle déballait les vêtements sales, j'ai ouvert précipitamment mon paquet : *Orgueil et Préjugés*, le titre n'était pas très alléchant, on aurait cru un commentaire de texte biblique. Heureusement, l'illustration compensait un peu cette mauvaise impression : c'était la photo d'une fille au sourire malicieux avec, en arrière-plan, un jeune homme brun terriblement romantique. Sous ce premier ouvrage, il y avait *La Fille du rajah*, qui promettait bien des aventures exotiques. Je me suis absorbée dans la lecture de la quatrième de couverture et je n'ai pas remarqué que la porte s'ouvrait. La voix du nouveau venu m'a fait brutalement revenir à la réalité.

– M'man, c'est juste pour te dire que j'vais déjeuner chez Ben. Et après on partira directement au tournoi.

Olivier, c'était Olivier. Il était en tenue de

sport, un gros sac de tennis à l'épaule. J'ai dégluti et tenté de dire « Bonjour » mais Mme Derval ne m'en a pas laissé le temps et s'est mise à lâcher sur son fils une rafale de questions :

– Tu es sûr que la mère de Ben est d'accord ? À quelle heure est ton match ? Tu veux que papa aille te récupérer ? Tu as pris ta genouillère ?

À quoi Olivier a répondu successivement :

– Mais oui. Trois heures. Pas la peine, je rentre à pied. Mais oui, t'inquiète !

Puis il a hoché vaguement la tête dans ma direction, a lancé à sa mère « À ce soir ! » et s'est éclipsé sans même entendre le « Bonne chance, mon chéri ! » qu'elle lui criait. J'ai rangé d'une main tremblotante les deux livres dans la poche de l'imperméable que j'avais tenu à mettre ce matin, malgré le temps ensoleillé, et j'ai pris sans un mot la fiche que me tendait Mme Derval du bout de ses ongles carminés. J'avais passé plus d'un mois sans voir Olivier, même de loin, et de me retrouver ainsi à quelques pas de lui m'avait vraiment remuée. J'ai enfoncé les deux mains dans mes poches, caressant mon précieux butin, et je suis retournée sans me presser vers les étals du marché. Il fallait être audacieux, prendre des risques pour avoir ce que l'on voulait. J'allais continuer dans cette voie : trois heures. Au tennis.

Out !

– Maman, est-ce que tu pourrais m'emmener chez Floriane, cet après-midi ? Elle a besoin que je l'aide en anglais et moi j'ai déjà fait mes devoirs.

Je n'aimais pas trop mentir, mais l'exemple de Nicolas semblait indiquer que c'était une bonne stratégie. Ainsi, la semaine précédente, à l'heure de l'assemblée du soir, il avait inventé un soudain mal au ventre et avait obtenu de rester à la maison au lieu de nous accompagner à l'église. Nos parents n'y avaient vu que du feu, mais moi je savais qu'il avait en tête d'autres projets. Sitôt la voiture disparue, il avait sauté sur son vélo et pédalé comme un fou jusque chez Sélim, où il avait réussi à voir la première mi-temps d'un match de foot en sirotant un Coca. Il avait réintégré la maison *in extremis* et s'était ensuite vanté auprès de moi de son équipée. Il était assez incroyable, mon frère : sous ses dehors de garçon obéissant, il enfreignait toutes les règles sans avoir peur de rien, même pas d'attirer sur lui la colère de Dieu, sans parler de celle de papa.

– Moi, je vois pas pourquoi le Seigneur il aimerait pas le foot, avait-il rétorqué face à mes mises en garde. À son époque, ça n'existait pas mais si ça se trouve, ça lui aurait plu et avec ses douze apôtres, il aurait même pu faire une équipe.

J'avais essayé de le gronder, malgré mon envie de rire :

– Si quelqu'un t'entendait dire des énormités pareilles, tu aurais droit à un super sermon. Et puis tu te rends compte : manquer l'assemblée pour aller regarder du sport à la télé... Et chez un incroyant comme Sélim en plus !

– Mais Sélim n'est pas un incroyant, s'était indigné mon frère. Il est même très croyant, sauf qu'il est musulman. Les musulmans croient dans le même Dieu que nous, avec Mahomet en plus de Jésus... Et sa mère elle met aussi un fichu sur la tête, alors tu vois bien !

Finalement Nicolas n'avait peut-être pas tort : pourquoi le Seigneur n'aimerait-il pas le foot ? Ou le tennis ? J'ai fini de me réconforter en me disant que moi, du moins, je ne mentais pas complètement : j'allais réellement rendre visite à Floriane. Pour commencer.

– Je peux te déposer chez les Leroy vers deux

heures, m'a dit ma mère. Et vous en aurez pour longtemps ? Parce que ensuite je dois aller aider Suzanne à coudre ses rideaux.

– Ne t'inquiète pas, je demanderai à la mère de Floriane de me ramener pour cinq heures.

Là, c'était un vrai mensonge.

Les Leroy habitaient à la Collinette, tout près de l'église et de la nouvelle école, dans une grosse villa assez moche. Il n'y avait pas de fleurs dans leur jardin, seulement de la terre piétinée par les jeux turbulents des quatre garçons. Floriane m'a accueillie gentiment, bien que ma proposition de l'aider à réviser de l'anglais l'ait un peu surprise. Au bout d'une heure, nous avions à peu près revu les leçons étudiées depuis la rentrée et j'ai déclaré :

– Bon, je te laisse, j'ai promis à ma mère de la retrouver sur le parking de l'église.

– Je vais t'accompagner, si tu veux.

Qu'elle était collante !

– Non, non, c'est bon, je dois me dépêcher, je suis en retard !

Une fois dans la rue, j'ai poussé un soupir de soulagement. Se retrouver seule, surtout dehors, c'était vraiment un luxe. Enfin... seule, pas vraiment : de derrière leurs fenêtres, d'autres membres de la Communauté devaient m'observer, se demandant pourquoi je me baladais ainsi sans être accompagnée. Il faudrait que je raconte à ma mère que je n'avais pas osé déranger Mme Leroy. J'ai accéléré le pas, en évitant de regarder autour de moi. Quand j'ai eu dépassé la dernière maison habitée par des Rigoristes, j'ai bifurqué brusquement dans un chemin de terre et me suis mise à trottiner. Il était trois heures et quart, dans dix minutes je pouvais être au club de tennis.

En apercevant les hauts grillages des courts, j'ai ralenti le pas pour reprendre mon souffle et j'ai tâché de remettre un peu d'ordre dans ma toilette. C'est-à-dire que je me suis débarrassée de mon fichu en le fourrant au fond de ma poche, que j'ai lissé mes tresses et rentré dans ma jupe le pan de chemisier qui s'en était échappé. Puis je suis restée plantée, rassemblant mon courage. Bon, je n'allais pas flancher maintenant. Je jetterais juste un coup d'œil, voilà tout… rien qu'on puisse vraiment me reprocher. De toute façon, j'étais presque sûre qu'Olivier ne remarquerait même pas ma présence. J'ai tiré encore un coup sur mes tresses avant de me remettre en marche.

Le club de tennis occupait un vaste terrain sur les bords de la rivière, à côté du stade. À l'entrée se trouvait un petit chalet avec une terrasse garnie de mobilier de jardin dépareillé. À l'une des tables j'ai reconnu trois filles du collège public, vêtues de short ou de minijupe, en train de manger des glaces. Elles ont gloussé peu discrètement en me voyant arriver. Pas besoin de beaucoup d'imagination pour deviner les commentaires moqueurs qu'elles devaient faire. Je me suis mordu les lèvres et je suis passée devant elles la tête bien droite.

Les quatre courts étaient occupés et quelques curieux, installés sur des bancs le long de l'allée, observaient les joueurs. J'ai aperçu Olivier sur le deuxième terrain, face à un garçon que je ne connaissais pas. C'était la première fois que je le voyais en short : il avait de longues jambes un peu maigres et assez poilues, et ce détail m'a un peu choquée. Un bandeau, noir comme son short, retenait en arrière les longues mèches brunes qui habituellement lui couvraient en partie le visage. Les hommes et les garçons rigoristes portaient les cheveux très courts et la tignasse désordonnée d'Olivier m'avait toujours paru terriblement séduisante par comparaison. Ses lèvres avaient un pli dur bien différent de la moue un peu boudeuse que je lui connaissais et sous ses sourcils froncés on devinait à peine l'éclat de ses yeux. Mais je savais qu'ils étaient marron.

Je me suis approchée et postée à quelques pas derrière le banc où Benjamin, le meilleur copain d'Olivier, suivait le match avec attention. J'ai regardé avec un peu d'appréhension le dos massif de Benjamin, sa nuque large aux cheveux blonds taillés court. J'espérais qu'il ne se retournerait pas. Je craignais d'affronter son regard pénétrant et son petit sourire moqueur, qui faisaient un étrange contraste avec son allure de gros nounours débonnaire. Mais il était si absorbé par le match qu'il ne s'est pas aperçu de ma présence. Olivier non plus n'a pas remarqué mon arrivée car il était du côté du terrain le plus proche de nous, et par conséquent nous tournait le dos. J'en ai été mi-soulagée, mi-déçue.

J'essayais de suivre la partie, mais je ne comprenais pas grand-chose à ce qui se passait et les exclamations de Benjamin, tantôt enthousiastes, tantôt dépitées, ne m'éclairaient pas beaucoup, pas plus que le décompte bizarre des points que faisaient les joueurs à haute voix. « Out », criait de temps en temps un des deux adversaires, lorsque la balle était retombée en dehors des lignes. Ne rien connaître aux règles ne m'empêchait pas de m'intéresser à la partie. Les deux garçons frappaient la balle avec une précision et une force qui me surprenaient, et ils réussissaient souvent à la renvoyer alors qu'elle me paraissait impossible à rattraper. Je n'osais pas applaudir comme Benjamin à chaque coup victorieux d'Olivier, mais je me réjouissais silencieusement de ses succès, tandis que mon cœur se serrait lorsqu'il mettait la balle dans le filet. Il avait alors une telle expression de rage et de déception que j'en étais toute chagrinée pour lui. Au bout d'un moment, il y a eu un arrêt et j'ai cru que c'était fini, mais les deux adversaires, après avoir bu un coup et épongé leur visage dégoulinant, ont changé de côté pour reprendre la partie. Pendant cette pause, Olivier a regardé dans la direction du banc et m'a forcément vue, mais il n'a rien manifesté. Pourquoi l'aurait-il fait ? Nous ne nous connaissions pas vraiment et nous ne nous étions jamais parlé au collège. Il ne devait même pas savoir comment je m'appelais.

J'hésitais à m'en aller lorsque Benjamin s'est brusquement retourné. Il m'a dévisagée un court instant avant de me lancer :

– Pourquoi tu t'assois pas ?

J'ai très bien perçu la note provocatrice de sa question. Il savait que je faisais partie des Rigoristes et que je n'avais pas le droit d'être là, et encore moins d'accepter son invitation à le rejoindre sur le banc. Il me croyait sans doute incapable d'une telle entorse à nos règles. Il me connaissait mal.

– Merci, ai-je dit sans le regarder et en me posant très droite au bout du banc.

Mon cœur s'était mis à accélérer le rythme mais je contrôlais mes réactions. Benjamin, qui était carré en plein milieu du siège, s'est décalé précipitamment pour me laisser plus de place. J'ai constaté avec satisfaction qu'il avait l'air un peu embarrassé. Du ton le plus détendu que j'ai pu, j'ai demandé sans toutefois oser le regarder :

– Qui est-ce qui gagne pour le moment ?

Il ne m'a pas répondu tout de suite. J'ai jeté un coup d'œil vers lui : il m'observait d'un air intéressé, comme si j'étais une créature d'une espèce inconnue.

– Un set partout, a-t-il fini par lâcher avec son petit sourire moqueur.

Ça m'a un peu déstabilisée. Je n'avais aucune idée de ce que cela signifiait mais je ne me sentais pas le courage de lui demander des explications.

– Ah…, ai-je répondu en essayant d'avoir l'air entendu.

– Olivier a perdu le premier 6-3 et gagné le deuxième 7-5, a repris Benjamin.

Je me suis contentée de hocher la tête, le regard fixé sur les joueurs. L'énormité de ce que j'étais en train de faire m'apparaissait à présent dans toute son ampleur. Être assise à côté d'un garçon du monde extérieur, et lui faire la conversation en regardant d'autres garçons en short s'épuiser vainement à frapper une balle… alors qu'il était déjà très mal vu de parler seule à seul avec un garçon de la Communauté, et que la lecture des pages sportives des journaux était interdite ! Mais je me sentais vissée sur ce banc, incapable de me lever et de planter là Benjamin. J'étais si angoissée tout à coup que j'ai arrêté de suivre le jeu.

– Tu sais comment on compte les points, au tennis ?

La question de Benjamin m'a fait sursauter.

Il me regardait toujours d'un air curieux et attentif, mais son sourire m'a paru moins moqueur. J'ai secoué la tête pour dire non.

– Tu veux que je t'explique ?

– Oui, ai-je réussi à articuler.

Grâce aux éclaircissements de Benjamin, souvent interrompus par ses exclamations lorsque Olivier marquait ou perdait un point, j'ai fini par mieux saisir ce qui se passait sur le terrain. Du coup je me suis à nouveau laissé happer par la partie, oubliant mes craintes. Le match était très serré, mais l'adversaire d'Olivier a finalement lâché prise, lui laissant la victoire. J'ai applaudi avec Benjamin, tout en prenant conscience que j'étais restée bien trop longtemps. Je devais être affreusement en retard.

– Merci de m'avoir expliqué, pour le match, et au revoir, ai-je lancé à Benjamin, qui avait déjà fait quelques pas pour rejoindre Olivier.

J'espérais que ce dernier allait enfin me remarquer et me dire bonjour, mais c'est Benjamin qui s'est retourné pour me dire :

– Attends… on va payer un coup à boire au vaincu, tu n'as qu'à rester si tu veux… C'est quoi ton nom, déjà ?

– Sarah, mais non, merci, non, je…, ai-je bafouillé lamentablement.

Olivier nous a rejoints à cet instant et a encaissé sans broncher les vigoureuses tapes de Benjamin, puis m'a jeté un regard perplexe.

Je ne savais plus que faire, je me sentais gênée et stupide.

– Bien joué, mon pote, s'est écrié Benjamin, mais ton revers est encore un peu mou, d'après Sarah…

Olivier a paru décontenancé. Moi, je me suis mise à tirer furieusement sur mes tresses, comme chaque fois que je suis super énervée.

– Non, non, je… tu as très bien joué, j'ai trouvé… Je regardais juste, en passant… je n'y connais rien… Je dois partir maintenant…

Je bredouillais, les yeux fixés sur mes chaussures bleu marine, les moins ridicules que j'aie trouvé à me mettre.

– Bon, eh ben, salut, a dit Olivier.

– Tu es sûre que tu veux pas un Coca ? a demandé Benjamin. Les supporters ont droit à boire un coup aussi ; on l'a bien mérité, non ?

– Merci, mais je dois vraiment rentrer, ai-je répondu un peu sèchement.

Pourquoi insistait-il, alors qu'il savait que je ne pouvais partager ni nourriture ni boisson avec eux ? Ça l'amusait sans doute de voir une « Rigoureuse » prise en défaut et cédant à la tentation. Il s'était moqué de moi tout ce temps, je le soupçonnais. Je me suis tournée vers Olivier. « Je suis contente de t'avoir vu jouer et que tu aies gagné », aurais-je voulu lui dire, mais je n'en ai pas eu le courage et d'ailleurs il discutait à présent avec son adversaire sans plus faire attention à moi.

– Au revoir, ai-je dit, mais seul Benjamin m'a répondu.

Une fois sortie du club, j'ai été prise d'une sorte de vertige ; je n'arrivais pas à démêler les émotions qui tourbillonnaient en moi. Il y avait de la joie et de la déception, de la honte et de la fierté, de l'espoir et de l'accablement, de la crainte et du défi. Mais ce n'était pas le moment de chercher à y voir plus clair, il fallait que je me dépêche de rentrer.

Au moment où je m'élançais, j'ai aperçu soudain, de l'autre côté de la rue, la vieille Fanny Parchamp, une de mes « sœurs » rigoristes, qui me regardait d'un air stupéfait.

« Sur la fille effrontée renforce la garde… »

– Ne nie pas, Sarah, Fanny Parchamp t'a vue ! Tu sortais du club de tennis, et tu n'avais pas ton fichu sur la tête !

Mon père faisait un effort pour contenir sa colère, mais je la sentais claquer dans sa voix.

– Tu devais te faire ramener en voiture par la mère de Floriane, c'est ce que tu m'avais dit, a poursuivi ma mère d'un ton indigné. Tu m'as trompée !… Mais qu'est-ce que tu as dans la tête ? Te conduire ainsi, n'importe comment… Quelle honte pour toi, pour nous !

Elle était très rouge et son visage habituellement rieur était marqué de plis sévères.

– Calme-toi, Hélène, c'est à moi de parler, l'a coupée mon père. Voyons, Sarah, explique-toi.

Je fixais la table du salon. J'étais bien décidée à ne pas me laisser impressionner.

– Je vous l'ai déjà dit, ai-je déclaré sans chercher à dissimuler mon énervement, j'ai préféré rentrer à pied sans déranger Lucie, c'est tout. J'avais envie de marcher, il faisait beau… ce n'est pas un péché, tout de même ? Après je suis passée par les bords de la rivière et j'ai eu l'idée de regarder un peu les gens qui jouaient au tennis, voilà !

– Ne me parle pas sur ce ton, je te prie, a dit mon père. Tu es doublement coupable : d'abord de n'avoir pas respecté la parole donnée à ta mère, ensuite et plus gravement de t'être rendue seule dans un endroit où tu n'as que faire, un lieu plein de gens que tu ne dois pas fréquenter… As-tu parlé à quelqu'un là-bas ?

Je me suis mordu les lèvres. J'hésitais à répondre.

– N'ajoute pas le mensonge à tes autres péchés, a grondé mon père. Réponds !

– Oui, ai-je presque crié, j'ai parlé à quelqu'un, quelqu'un d'extérieur à la Communauté, un garçon… et même deux !

La colère m'avait gagnée, et je n'avais plus peur de rien tout à coup.

– C'était un garçon du collège qui jouait, ai-je continué, et un autre garçon m'a expliqué les règles et le compte des points. C'est un jeu intéressant à regarder, et puis d'abord pourquoi le Seigneur trouverait-il que c'est mal, le tennis ? C'est écrit où, dans la Bible, qu'on ne doit pas…

– Tais-toi ! a ordonné mon père. Tu divagues. Tu connais très bien les instructions du Ministre de Dieu concernant les spectacles sportifs ; comment oses-tu les contester ? Et n'as-tu pas honte de t'être ainsi mêlée à des étrangers ?

J'avais rarement vu mon père dans une telle colère.

– Mais ai-je protesté plus faiblement, ce n'étaient pas des étrangers, je les connais, ils sont au collège.

– Ça suffit ! Ne joue pas sur les mots, je te prie ! Tu sais très bien que ceux qui ne font pas partie de la Communauté doivent rester pour nous des étrangers et qu'il est dangereux pour ton salut de les fréquenter.

Il a poussé un soupir, avant d'ajouter sur un ton plus calme :

– Le monde est mauvais, Sarah, nous devons nous tenir à l'écart pour ne pas être contaminés. Les instructions du Ministre de Dieu ne sont là que pour nous protéger et nous éviter de nous perdre loin du droit chemin.

Je me suis sentie ébranlée : bien sûr, mes parents ne réagissaient ainsi que parce qu'ils étaient inquiets à mon sujet. J'étais sur le point d'abandonner le combat lorsque ma mère est intervenue à nouveau :

– Tu ne te rends pas compte des conséquences pour toi et pour nous ! Imagine que Fanny Parchamp t'ait vue parler avec ces garçons...

Déjà qu'elle t'a surprise sortant de cet endroit sans foulard sur la tête ! Tu veux donc attirer le scandale sur notre famille, nous faire montrer du doigt par la Communauté ?

Je me suis tournée vers elle, toute ma rage revenue.

– Toi, tu ne vis que pour le regard de la Communauté ! Tout ce qui t'intéresse, c'est de montrer aux autres l'image d'une famille parfaite, et qu'ils disent : « Ah oui, Hélène, quelle mère exemplaire, et comme tout marche bien chez eux. » Mais tu te moques complètement de savoir si on est heureux ou pas !

– Sarah ! a crié mon père.

Mais j'étais lancée, j'avais besoin de dire ce que j'avais sur le cœur :

– Je suis désolée, mais moi, je ne me crois pas parfaite ! Et je ne suis pas sûre que les gens de la Communauté soient meilleurs que le reste du monde !

Les visages de Mme Castellane, de Manon, d'Olivier et même de Benjamin défilaient devant mes yeux, me poussant à continuer :

– Pourquoi faut-il toujours se méfier des autres, les éviter comme des pestiférés ? Qu'est-ce qui vous prouve qu'ils sont si mauvais ?

– Mais, mais…, a bredouillé ma mère.

Elle était très pâle, on aurait dit que l'air lui manquait. Je me suis sentie soudain un peu honteuse.

– Tu vas monter dans ta chambre, a prononcé mon père d'une voix blanche. Tu es punie d'enfermement, j'en informerai ce soir l'assemblée lorsque ton cas sera évoqué. J'espère que la mesure leur paraîtra suffisante. S'ils savaient tout de ta conduite inadmissible, ils décideraient sans doute de te punir davantage. Monte à présent !

En arrivant dans le hall, j'ai perçu des mouvements furtifs au premier étage : Nicolas devait regagner en vitesse sa chambre après nous avoir espionnés depuis l'escalier. Sans un mot, mon père m'a conduite devant la porte de la chambre que je partageais avec Béatrice.

– Béatrice, Élise, Nicolas ! a-t-il appelé.

Les trois portes des chambres se sont ouvertes quasi instantanément sur trois visages inquiets.

– Votre sœur a agi comme une insensée, je vous informe qu'elle est donc punie d'enfermement jusqu'à nouvel ordre. Béatrice, prends tes affaires et change de chambre : tu dormiras avec Élise pendant quelque temps.

Lorsque je me suis retrouvée seule derrière la porte, mon courage m'a abandonnée. L'enfermement, c'était vraiment dur : j'allais devoir rester dans ma chambre, sans avoir le droit de parler à mes frère et sœurs ni même de prendre mes repas en famille. La dernière fois que j'avais subi cette punition, ça avait duré deux jours : j'avais alors douze ans et j'avais commis le terrible péché de raccourcir mes cheveux d'un coup de ciseaux un peu trop appuyé. La faute était grave, mais, compte tenu de mon âge, la punition n'avait pas été trop sévère. Cette fois, ce serait sans doute pire, d'autant plus que je m'étais montrée très insolente face à mes parents et que mon père ne ferait rien pour atténuer la portée de mes actes lorsqu'il devrait en faire part aux membres de l'assemblée. On pouvait de toute façon compter sur cette vieille pie de Fanny Parchamp pour avoir déjà répandu la nouvelle en présentant l'affaire de la façon la plus défavorable pour moi.

Je sentais l'angoisse envahir mon ventre et remonter dans ma poitrine à l'idée des commentaires qui allaient s'abattre sur moi tout à l'heure, pendant l'assemblée : « C'est désolant, une telle effronterie chez une jeune fille… Quelle honte pour ses parents… Il faut qu'elle soit bien mauvaise pour avoir agi ainsi. » Le Tuteur allait prendre son air grave et attristé pour répéter à n'en plus finir les versets de l'Ecclésiastique que je l'avais déjà entendu marteler maintes fois : « Sur la fille effrontée renforce la garde de peur qu'elle ne te couvre de honte… Sur la fille effrontée maintiens ferme la garde, de peur que, trouvant la liberté, elle ne s'en serve. »

La liberté, c'était un mot étrange. Quand j'essayais de penser « liberté », j'avais la vague vision d'un monde de ténèbres où se terraient des monstres effrayants, prêts à mettre en pièces l'audacieux qui s'aventurerait dans les parages. Mais cette vision, c'était celle qu'on avait infusée dans mon esprit depuis toujours et j'avais l'impression qu'il suffirait d'un rien pour dissiper cette image cauchemardesque, comme il suffisait d'appuyer sur l'interrupteur de la lampe de chevet pour mettre fin à mes terreurs nocturnes. La liberté, est-ce que ça ne pourrait pas plutôt ressembler à une vaste forêt remplie d'arbres majestueux, de plantes aux feuilles aussi grandes que des oreilles d'éléphant, de fleurs aux formes surprenantes ? Une forêt avec des recoins inquiétants, bien sûr, et des chemins qui ne menaient nulle part, mais avec aussi des clairières où chantaient des cascades, et des échappées vers des collines d'herbe douce, peut-être même vers la mer. J'ai fermé les yeux pour survoler en rêve ce paysage. Dire que je n'avais jamais vu la mer ! Ni grand-chose d'autre du monde, d'ailleurs. Le Ministre de Dieu avait décidé dix ans auparavant que les membres de la Communauté ne devaient pas voyager pour leur plaisir. Depuis lors on ne pouvait qu'espérer être invité de temps en temps aux assemblées des frères rigoristes installés dans d'autres régions, et, si on avait de la chance, aux grandes assemblées internationales qui se déroulaient plusieurs fois par an à l'étranger.

Mais j'étais encore un peu jeune pour avoir reçu ce genre d'invitations : d'ici quelques années, au contraire, je serais très sollicitée, comme toutes les filles en âge de se marier, car ces échanges et ces visites d'une assemblée à l'autre avaient pour but principal, sinon avoué, de favoriser de rapides unions entre jeunes membres de la Communauté. C'est ainsi qu'Élise avait rencontré Paul, son fiancé, dans la Communauté installée en région parisienne. Dès que le mariage serait célébré, ma sœur allait partir vivre là-bas, auprès de ce Paul qu'elle n'avait rencontré que quelques heures en tout et pour tout, et auquel elle serait enchaînée ensuite jusqu'à la mort. J'ai arraché le fichu de ma tête et rejeté mes tresses en arrière. Jamais je ne pourrais accepter un sort pareil, ça non ! Moi, je voulais choisir ma vie.

Ma porte s'est ouverte brusquement. C'était ma mère.

– Sarah, il va bientôt être l'heure de partir à l'assemblée, nous t'attendons en bas.

J'ai baissé les yeux sur mon fichu que je venais de réduire nerveusement en boule sans même m'en rendre compte. Je ne voulais pas aller à l'église, affronter les regards scandalisés et les commentaires désobligeants qui allaient pleuvoir sur moi ce soir. Et ce serait pire le jour suivant, puisque le dimanche il fallait subir quatre assemblées dans la journée, de six heures du matin jusque dans la soirée. Une sourde migraine commençait à battre sous ma tempe gauche.

– Maman, je t'en prie, je ne me sens pas bien, je voudrais rester ici… J'ai une de mes affreuses migraines qui commence.

– Non, ce serait trop facile. Tu as mal agi et tu dois accepter que ta faute soit discutée et jugée à l'assemblée.

– S'il te plaît, maman, j'ai vraiment mal à la tête. Demain, j'en entendrai parler toute la journée, mais ce soir laisse-moi rester à la maison.

Ma mère a soupiré.

– Bon, je vais voir ce qu'en pense ton père.

Elle est revenue quelques minutes plus tard.

– Ton père accepte, mais à condition que tu ne quittes pas ta chambre. Je vais fermer ta porte à clé. Bonsoir.

J'ai entendu avec soulagement la voiture démarrer et s'éloigner. La tension qui me nouait le front a commencé à se desserrer et les larmes que j'avais refoulées se sont échappées sans que je cherche à les retenir. Je me suis laissée aller, la tête sur mon coussin préféré, et j'ai sangloté avec violence. Mais cela n'a pas duré. Je n'étais pas du genre à pleurnicher des heures. Je voulais me battre.

Je me suis arrachée à mon lit et j'ai tourné machinalement sur moi-même, comme à la recherche d'une issue de secours. Mes yeux se sont posés sur mon sac d'école et je me suis arrêtée net. Sans que je sache comment, je venais de voir en un éclair le chemin à suivre. J'ai pris mon sac, j'ai déversé en vrac par terre cahiers et livres et je les ai remplacés par des vêtements. J'étais en pantoufles, tant pis, je me passerais de chaussures. J'ai tiré de sous mon matelas les deux précieux livres prêtés par Mme Castellane ainsi qu'une enveloppe qui contenait un bracelet offert par Manon et mes maigres économies : cinquante-huit euros, patiemment accumulés à partir de la menue monnaie que ma mère m'octroyait parfois à l'issue des courses, et j'ai fourré le tout dans le sac. J'ai enfilé deux gros pulls l'un sur l'autre et j'ai ouvert la fenêtre.

À moins de deux mètres au-dessous de moi, la réserve de bûches soigneusement empilées le long du mur constituait un palier idéal. C'était une voie que j'avais déjà songé à emprunter il y a quelques mois pour rejoindre Manon au cinéma, sans oser finalement mettre mon projet à exécution. Mais cette fois je n'ai pas hésité : j'ai empoigné mon sac, enjambé l'appui de la fenêtre et me suis laissée glisser jusqu'au bûcher. Je me suis un peu tordu le pied entre deux bûches, mais rien de grave. De là, il m'a suffi de sauter à terre, de contourner la maison et de me faufiler au garage. Je n'avais que peu de temps devant moi, aussi ai-je sans trop réfléchir raflé au passage une paire de bottes en caoutchouc, des allumettes, une lampe de poche et une bâche, que j'ai glissées en vrac dans un sac plastique. Puis j'ai attrapé mon vélo : il n'était plus l'heure de se poser des questions. Je me suis mise en selle, j'ai franchi la dizaine de mètres qui me séparaient de la rue et j'ai commencé à pédaler de toutes mes forces, malgré le sac plastique qui ballottait à mon poignet et me déséquilibrait. J'ai tourné le dos au village, sans autre idée que de m'en éloigner le plus vite possible.

Chez « les autres »

L'humidité se faisait pénétrante, de temps à autre une voiture passait en vrombissant. Je tentais de m'accrocher au sommeil, mais le froid et l'inconfort m'ont obligée à reprendre conscience. Je me suis débarrassée à tâtons de la bâche plastique dans laquelle j'étais entortillée et me suis redressée en frissonnant. Je m'étais réfugiée la veille au soir dans une espèce de vaste préau au bord de la route, qui abritait des tas de gravier et de sable destinés aux Ponts et Chaussées. Au moins j'étais à l'abri du vent, mais le sable, dans lequel je m'étais creusé une espèce de couche, s'était révélé très dur, et le froid avait fini par transpercer mes vêtements superposés. Je me suis secouée vigoureusement pour me débarrasser du sable et j'ai sautillé en battant des bras dans l'espoir de me réchauffer. Il m'aurait fallu un bon chocolat chaud. J'avais bien roulé en quittant Saint-Gabin ; Mérande ne devait être qu'à quatre ou cinq kilomètres et les bistros n'y manquaient pas. Je n'étais pas censée franchir la porte de tels lieux de perdition, mais je n'étais pas censée non plus m'enfuir de chez moi, n'est-ce pas ?

Avec le jour, la folie de mon entreprise devenait plus évidente. Je savais au fond de moi que cette fuite ne pouvait me mener nulle part. Je n'avais aucun point de chute, je ne connaissais personne en dehors de la Communauté : que pouvais-je espérer ? Et pourtant, je ne regrettais pas ce que j'avais fait. Je ne voulais pas trop penser à la suite de ma cavale, j'avais juste envie de profiter de ma liberté. Il était sept heures du matin à ma montre, la première assemblée devait se terminer. Mes parents y étaient-ils allés, ou bien, dévorés d'inquiétude, s'étaient-ils lancés à ma recherche ? J'espérais que ma disparition les avait plongés dans le désespoir, ils l'avaient bien mérité. Ils n'avaient pas manqué, c'était sûr, de signaler ma fugue au Tuteur dès hier soir, mais avaient-ils déjà alerté la police ? C'était peu probable : en général, la Communauté évitait d'étaler ses problèmes sur la place publique et tâchait de les résoudre sans intervention extérieure. Ce matin, sur le parking de l'église, il ne devait être question que de moi. J'imaginais sans peine les conversations : « Ça ne m'étonne pas vraiment, elle a toujours fait des histoires… Ses parents n'ont pas été assez stricts, et voilà le résultat…

Comment peut-elle ainsi se détourner des siens ? C'est le diable qui l'inspire… »

Ils pouvaient bien parler ! Ils pouvaient bien me traiter d'effrontée, de mauvaise, de diabolique ! Je m'en moquais. C'était le premier dimanche où je ne me levais pas à cinq heures du matin pour préparer le repas avant l'heure du culte. C'était le premier dimanche où je n'aurais pas à subir les quatre assemblées de la journée, entrecoupées de pauses où il fallait se démener pour servir à manger aux hommes. C'était le premier dimanche où j'étais libre de mon temps. Libre, mais frigorifiée et affamée, alors il fallait réagir. J'ai enfourché mon vélo : en route pour Mérande !

Malgré la fatigue et le froid, je me sentais heureuse de rouler ainsi dans le matin. Le mois de septembre touchait à sa fin mais cela sentait encore l'été, et le ciel dégagé promettait une belle journée. Il y avait longtemps que je n'étais pas allée à Mérande ; lorsqu'ils avaient besoin de se rendre en ville, mes parents préféraient Feuillères, qui se trouvait du côté opposé, au nord de Saint-Gabin. C'est pourquoi j'espérais qu'ils n'auraient pas l'idée de venir me chercher dans cette direction. Je me méfiais cependant, et chaque fois que j'entendais un bruit de moteur se rapprocher, ce qui était heureusement rare en cette heure matinale du dimanche, je me jetais précipitamment sur le bas-côté et tentais de me dissimuler tant bien que mal derrière un arbre ou un buisson. Je n'avais bien sûr pas mis mon fichu, et j'avais remplacé ma jupe par un pantalon de sport, qui recouvrait en partie les bottes de caoutchouc dont je m'étais chaussée ; ma tenue n'était guère élégante, mais j'avais l'impression d'être presque habillée normalement et donc un peu moins repérable.

Les premiers hangars de la zone commerciale qui marquait l'entrée de Mérande se sont bientôt dressés le long de la route, avec leurs parkings vides. Puis je suis passée par un quartier d'immeubles HLM et de petits pavillons. Il fallait que je trouve un endroit où laisser mon vélo, avant d'arriver dans le centre-ville. Je me suis engagée dans une rue transversale bordée de maisons retranchées derrière clôtures et portails. Nulle part où accrocher mon vélo, à part à un lampadaire, au beau milieu du trottoir. Enfin j'ai avisé un petit espace vert assez négligé, sûrement peu fréquenté dans ce quartier où tout le monde possédait un jardin. De grosses touffes d'aucubas aux feuilles maculées de jaune se dressaient à l'angle d'une pelouse mitée, offrant un écran suffisant à la vue. J'ai glissé mon vélo derrière les arbustes et fixé l'antivol à un tronc. Mon sac d'école sur le dos et mon plastique au bout du bras, j'ai continué à pied.

En me rapprochant du centre, je suis passée devant plusieurs bistros et j'ai ralenti le pas. La plupart du temps, il n'y avait que des hommes à l'intérieur, qui buvaient debout au comptoir, en discutant ou lisant le journal. J'ai remarqué non sans dégoût que, si certains se contentaient d'un café, d'autres engloutissaient déjà des verres d'alcool. Non, je ne pouvais pas entrer là. Comme on me l'avait appris, ces endroits étaient sous l'emprise du mal et aucun vrai chrétien ne devait y pénétrer. J'avais pourtant les pieds glacés dans mes bottes et tellement envie d'une boisson chaude !

J'ai fini par déboucher sur une place que j'ai reconnue : c'était là que mes parents étaient venus voir le notaire l'année précédente, après la mort de grand-mère Marthe. Une brasserie faisait l'angle, qui m'a paru moins inquiétante que les petits cafés que j'avais déjà inspectés. Un serveur en gilet noir installait prestement les chaises sur la terrasse, tandis qu'à l'intérieur une grosse dame blonde trop maquillée déposait devant un jeune couple attablé une corbeille de croissants. La jeune fille ressemblait un peu à Manon et c'est ce qui m'a décidée, avec les croissants. Tâchant de dissimuler mon trac, j'ai poussé la porte et me suis installée à une petite table. La grosse blonde était retournée derrière son comptoir et bavardait avec un client. Je ne savais pas ce que je devais faire : me lever et aller commander au comptoir ? Attendre à ma place ? Je jetais des regards angoissés en direction de la blonde, mais elle était trop occupée à rire des plaisanteries de son interlocuteur pour remarquer ce discret appel à l'aide.

– Qu'est-ce que je vous sers, mademoiselle ?

J'ai sursauté. Le garçon était planté devant moi. Il était jeune et un sourire plaisant éclairait son visage bronzé. Il n'avait pas spécialement l'air d'un suppôt de Satan et c'est sans trop bafouiller que j'ai demandé un chocolat et un croissant. Tandis que j'avalais avec délice ce petit déjeuner si inhabituel pour moi, une vieille dame s'est installée à la table d'à côté avec son chien, un petit animal dodu couvert de longs poils gris, qui est venu me renifler amicalement la jambe et a levé vers moi des yeux attendrissants.

– Pouffy, laisse la demoiselle tranquille, a dit la dame, qui a ajouté aussitôt : Il n'est pas méchant, mais il faut toujours qu'il aille embêter les gens.

– Je peux le caresser ? ai-je demandé.

Dans la Communauté, les animaux de compagnie étaient interdits, par ordre du Ministre de Dieu. Moi, j'avais toujours rêvé d'avoir un chien et je m'étais souvent révoltée contre cette loi absurde : je ne voyais pas en quoi le fait de m'attacher à un animal m'empêcherait de me conduire en bonne chrétienne. Ma sœur Béatrice, qui adorait les animaux bien plus encore que moi, avait supplié en vain notre père : même pour elle il n'avait pas voulu enfreindre la loi.

– Pouffy, ai-je appelé doucement.

Le petit chien a remué frénétiquement son tronçon de queue et m'a léché la main.

– Vous aimez les animaux, il le sent, vous savez, a dit la dame.

Je me suis détendue. Le café n'était pas un endroit aussi terrible que je l'avais imaginé et les gens qui le fréquentaient ne me semblaient pas aussi mauvais et dépravés qu'on avait voulu me le faire croire. Cependant, je n'allais pas m'éterniser là. J'ai payé et je suis sortie, non sans saluer aimablement la compagnie, comme je l'avais vu faire au client du comptoir. Je me suis retrouvée dans la rue, assez fière de la façon dont je venais de me débrouiller face à cette expérience inédite. Mais que faire à présent ? J'ai suivi une rue au hasard, m'arrêtant tous les dix pas pour contempler les vitrines : j'essayais de m'imaginer dans ces pantalons moulants, ces T-shirts décolletés, ces robes courtes. Je n'étais pas coquette, non, j'aurais simplement aimé me sentir à l'aise dans des vêtements amusants et pratiques, au lieu d'être engoncée dans des jupes de grand-mère. Si les magasins avaient été ouverts, j'aurais peut-être eu l'audace d'entrer et d'acheter un T-shirt… ou peut-être pas. Mais ils étaient fermés, et cela réglait la question.

La rue débouchait sur une autre place, dominée par une grosse église dont les cloches carillonnaient : il était dix heures et demie et de petits groupes pénétraient dans le bâtiment par une porte qui s'ouvrait sur un côté du vaste porche. Je n'ai hésité que quelques secondes avant de les suivre. Jamais jusqu'ici je n'avais franchi le seuil d'une église ou d'un temple en dehors de la salle où se tenaient nos assemblées. On m'avait appris à considérer ces lieux faussement chrétiens avec plus d'horreur encore que les cafés, et mes parents seraient bouleversés s'ils savaient ce que j'étais en train de faire. Mais j'étais déjà allée trop loin pour avoir peur de ce nouveau péché et ma curiosité a été la plus forte. Depuis le temps que l'on me répétait que nous seuls possédions la Vérité et la Lumière, et que les autres chrétiens vivaient dans l'erreur, j'avais envie de constater par moi-même en quoi consistait cette erreur. Mais allait-on me laisser entrer ?

Le cœur battant, je me suis présentée à la porte. Personne n'a fait attention à moi et je me suis retrouvée à l'intérieur sans encombre. J'étais sidérée par les vastes dimensions et l'architecture du bâtiment. Cela n'avait rien à voir avec notre église à nous, une simple salle où les chaises étaient disposées en cercles concentriques. Tout était tellement plus vaste et solennel ici ! J'ai observé avec étonnement l'allée qui s'étirait de l'entrée jusqu'à une espèce de grosse table, au fond. De part et d'autre s'alignaient des rangées de bancs où hommes et femmes étaient placés côte à côte, alors que chez nous les hommes occupaient seuls les premiers rangs du cercle. D'énormes colonnes de pierre se dressaient le long de cette allée centrale et soutenaient, très haut, une voûte impressionnante.

Des tableaux aux couleurs assombries étaient placés çà et là sur les murs. Je me suis approchée de celui qui ornait un recoin à droite de la porte d'entrée. On y voyait l'Enfant Jésus dans son berceau garni de paille, recevant l'hommage de trois bergers. Je connaissais évidemment le passage du Nouveau Testament qui racontait cet épisode, mais jamais je n'avais imaginé la scène ainsi : les bergers, vêtus de tuniques légères qui découvraient leurs épaules et leurs jambes musculeuses, se bousculant presque pour voir Jésus, tandis que Marie, penchée sur son bébé, le contemplait de l'air émerveillé d'une vraie maman. Mais ce qui m'a le plus surprise, c'étaient, voletant au-dessus des têtes, les cinq bambins tout nus folâtrant dans le ciel, les mains chargées de fleurs. J'ai mis un moment à réaliser que ces gros bébés potelés et munis d'ailes étaient des anges, car jusque-là je m'étais plutôt représenté les anges comme de sévères personnages brandissant des épées de feu pour combattre les ennemis de Dieu. Le tableau était plein de couleurs, de mouvement, de joie. Tellement loin de l'ambiance d'austérité et de sévère dévotion qui baignait la vie religieuse de la Communauté, y compris à Noël.

Comme le faisait remarquer chaque année le Tuteur, Noël n'était pas un jour spécial et ne devait pas être marqué par des réjouissances particulières, puisque les vrais chrétiens pensaient chaque jour au Seigneur et à sa venue sur Terre. Les crèches, les sapins, les guirlandes de lumière, le Père Noël et les cadeaux, c'était bon pour les mécréants et les païens. En vertu de quoi Noël m'avait toujours rendue triste, surtout lorsque j'étais petite : quand, début janvier, à l'école, les autres comparaient joyeusement la liste de leurs cadeaux, j'en étais réduite à mentir et à prétendre avoir reçu moi aussi jouets et livres pour ne pas avoir l'air trop bête. Je ne pouvais pas m'empêcher alors d'envier ceux qui vivaient dans l'erreur et le péché et croyaient au Père Noël, tout en me sentant honteuse d'un tel sentiment.

J'ai parcouru du regard l'intérieur de l'église, m'arrêtant sur les statues, les vitraux colorés, les candélabres dorés, la nappe de dentelle, les gros bouquets de fleurs. Voilà, je le supposais, ce que nos « Sages » appelaient « les fastes scandaleux » du catholicisme, si contraires à la vraie religion. Et pourtant il me semblait que je serais plus volontiers allée aux assemblées si je m'y étais trouvée environnée de jolies choses, comme ici. Mais ce devait être parce que j'étais mauvaise.

Le prêtre, bizarrement vêtu d'une espèce de robe, a commencé une lecture. J'ai reconnu une lettre de saint Paul, mais je n'avais pas du tout envie d'écouter. Je suis restée debout près de l'entrée, contre un pilier, et j'ai tenté d'y voir plus clair en moi : il fallait que je me l'avoue, je n'étais même plus sûre de croire en Dieu. L'énormité d'un tel blasphème m'a fait peur. Mais les hautes colonnes ne se sont pas effondrées sur moi, des éclairs de feu n'ont pas traversé les vitraux pour me foudroyer, et les dalles de pierre ne se sont pas ouvertes sous mes pieds pour m'engloutir en Enfer. Au lieu de ça, une musique puissante s'est déversée brusquement depuis l'espèce de balcon qui me surplombait et les gens se sont mis à chanter de façon plus ou moins assurée. Ils semblaient aussi pleins de ferveur que les fidèles de notre assemblée : ils se considéraient sans doute eux-mêmes comme de bons chrétiens et auraient été bien étonnés de savoir qu'ils étaient en fait des ennemis de Dieu.

Les idées se bousculaient dans ma tête. Pourquoi serions-nous les seuls à détenir la Vérité ? Et les autres, alors, les catholiques de cette église, les musulmans tels que Sélim, les juifs, les bouddhistes ? Et ceux qui ne croyaient pas ? N'étaient-ils pas tous persuadés de vivre selon la Vérité ? Moi-même, si j'étais née à Rome il y a trois mille ans, ou en Inde aujourd'hui, est-ce que je ne croirais pas en Jupiter ou en un dieu à tête d'éléphant ? On m'avait appris à mépriser ces malheureux prisonniers de fausses croyances et à me tenir à l'écart d'eux. Mais en quoi pouvais-je être certaine que les membres de la Communauté n'étaient pas eux aussi victimes d'une illusion ? Pouvait-on raisonnablement faire autre chose que douter ?

Au milieu de ces pensées confuses, une certitude s'est imposée néanmoins à moi : que Dieu existe ou pas, j'en avais assez qu'en Son nom on m'interdise de me couper les cheveux, de m'attacher à un animal, d'être l'amie de Manon, de lire des romans, de parler à un garçon ou de faire du sport ! S'il fallait ça pour être un vrai chrétien, eh bien tant pis, je préférais rejoindre « les autres », qui vivaient dans l'erreur, peut-être, mais librement et gaiement.

Empoignant mon sac, je me suis dirigée résolument vers la sortie, tandis que derrière moi le prêtre entamait la lecture de l'Évangile.

Fin du voyage

Le soir tombait quand j'ai émergé du cinéma où je venais de passer une partie de l'après-midi. Il m'avait fallu un certain courage pour me décider à entrer dans ce nouveau lieu de perdition, et quand l'obscurité s'était refermée sur moi, j'avais cru un instant m'être enfoncée dans l'antre du diable. Mais dès que l'écran s'était animé, j'avais été happée par ce qui s'y passait. C'était l'affiche du film qui m'avait d'abord incitée à entrer. On y voyait trois cavaliers galopant dans un vaste paysage et, au-dessus, en gros plan, le visage d'un jeune homme très beau coiffé d'un chapeau de cow-boy. J'avais toujours eu envie de voir un western, à cause des chevaux sans doute, et puis des grands espaces, des hommes taciturnes, et du vent de sauvagerie et de liberté qui semblait souffler sur tout ça. Et je n'avais pas été déçue. J'avais tellement pris part aux rebondissements de l'action, tellement vibré à l'unisson avec les personnages, que j'ai eu du mal à reprendre pied dans la réalité. C'était encore plus difficile que de s'arracher à un livre. Mais il fallait pourtant redescendre sur Terre, en l'occurrence dans la rue de la République à Mérande. Plantée sur le trottoir, j'observais, indécise, les gens qui passaient : jeunes couples enlacés, enfants tirant leurs parents par la main, groupes d'ados rigolards. Je me suis sentie soudain très seule. J'aurais voulu retourner dans la salle obscure, et ne plus jamais en sortir.

À côté de moi, une famille commentait le film avec animation : la fille avait environ mon âge et le garçon semblait un peu plus jeune que Nicolas.

– J'ai vraiment a-do-ré, a dit la fille.

– On sait bien pourquoi, a raillé sa mère. Il est tellement beau !

Ils se sont éloignés au milieu de rires et de protestations. Je les ai suivis du regard avec envie : ils avaient l'air insouciant et satisfait de gens qui viennent de se livrer à un loisir innocent, alors que moi, je ne pouvais me défendre du sentiment d'avoir enfreint gravement la loi.

Trois garçons m'ont dépassée et l'un d'eux s'est retourné pour me décocher un sourire provocant. J'ai baissé les yeux, gênée : je ne devais pas rester là. Mon sandwich de midi n'était plus qu'un lointain souvenir mais il ne me restait ni assez d'argent ni assez de courage pour m'installer dans un restaurant. J'avais heureusement repéré non loin de là un petit traiteur chinois ; cela devrait faire l'affaire. Perchée sur un tabouret dans l'étroite boutique, j'ai avalé avec appétit d'étranges beignets aux saveurs inconnues, et cela m'a redonné un peu d'allant. Il me fallait à présent régler le problème de la nuit. Pour la suite… pour la suite, on verrait demain. Je n'avais guère envie de retourner dormir sous le hangar des Ponts et Chaussées, mais je ne voyais pas d'autre solution. Si je restais en ville, je risquais des ennuis. Sur mon tas de sable, je serais plus tranquille. Je me suis donc mise en marche en direction du quartier pavillonnaire où j'avais laissé mon vélo.

J'avais bien repéré l'itinéraire le matin et j'ai retrouvé sans problème le square, avec sa touffe d'aucubas dans l'angle. Mais lorsque je me suis glissée derrière les arbustes, j'ai eu un choc : mon vélo avait disparu ! En examinant mieux les lieux à l'aide de ma lampe de poche, je me suis rendu compte que la grosse branche à laquelle j'avais fixé mon antivol avait carrément été arrachée. Une brusque envie de pleurer m'a envahie, en même temps qu'il me semblait entendre la voix du Tuteur marteler : « Le monde est mauvais… N'attendez rien de bon de ceux qui ne vivent pas dans la loi du Seigneur. » J'enrageais de devoir l'admettre, mais ce vol en tout cas justifiait les innombrables mises en garde contre « le monde » dont on m'avait rebattu les oreilles. J'aurais dû être plus méfiante.

Mais se lamenter ne servait à rien maintenant, il valait mieux réfléchir à une solution. J'aurais pu aller à pied jusqu'au hangar, mais j'étais fatiguée et la perspective de marcher cinq kilomètres dans la nuit ne m'enchantait guère, d'autant plus qu'il me faudrait les faire à nouveau en sens inverse le lendemain matin pour retourner en ville. Non, il était préférable de chercher un abri dans les parages. Je suis repartie au hasard, les pieds échauffés d'avoir trop marché dans les bottes de caoutchouc, les épaules meurtries par le poids de mon sac. Une petite pluie fine s'est mise à tomber et la nuit s'est installée. Cela me faisait mal de le reconnaître, mais j'ai eu envie de me retrouver soudain dans ma chambre, même punie d'enfermement.

Après une demi-heure d'errance le long de rues toutes semblables, où les pavillons disparates s'alignaient de façon ininterrompue, j'ai fini par m'éloigner des maisons et je me suis retrouvée dans un petit bois plus ou moins aménagé. À la lueur de ma torche j'ai distingué deux tables de pique-nique passablement déglinguées et un panneau de bois annonçant : « Parcours de santé. Départ ». Il commençait à pleuvoir fort et, malgré la bâche plastique que j'avais plus ou moins drapée sur moi, je commençais à me sentir gagnée par l'humidité. Je me suis faufilée à quatre pattes sous une des tables pour me mettre à l'abri. Le sol ne paraissait pas très propre, mais je n'avais pas le choix : j'ai étendu ma bâche par terre et me suis installée tant bien que mal dans ce réduit incommode. La pluie crépitait à présent avec violence sur la table, de petits ruisseaux tentaient de s'infiltrer sur ma bâche et j'avais froid, bien que j'aie enfilé sur moi tous les vêtements que j'avais emportés. Je me suis recroquevillée, pressant mon sac contre moi, et je me suis mordu les lèvres pour les empêcher de trembler. Impossible de s'allonger, de dormir…

La sensation d'un objet dur appuyé contre mon ventre m'a fait soudain lever la tête : j'ai fouillé au fond du sac, en ai tiré les livres de Mme Castellane. D'une main hésitante, j'ai ouvert *Orgueil et Préjugés* et braqué le faisceau de lumière sur la première phrase : « C'est une vérité universellement reconnue qu'un célibataire pourvu d'une belle fortune doit avoir envie de se marier, et, si peu que l'on sache son sentiment à cet égard, lorsqu'il arrive dans une nouvelle résidence, cette idée est si bien fixée dans l'esprit de ses voisins qu'ils le considèrent sur-le-champ comme la propriété légitime de l'une ou l'autre de leurs filles. » J'ai souri.

Une demi-heure plus tard, j'avais fait la connaissance d'Élisabeth, de ses idiotes de petites sœurs, du sombre M. Darcy, et d'un tas d'autres personnages ridicules ou attachants.

Je ne m'étais pas aperçue que la pluie avait cessé et j'avais presque oublié le froid et l'inconfort de ma position. Mais la fatigue me gagnait et j'ai fermé à regret le livre. Dépliant à grand-peine mes jambes ankylosées, je me suis extirpée de sous la table. Les arbres s'égouttaient dans le silence de la nuit et le cri d'un oiseau nocturne m'a fait tressaillir. Mon corps était raide et glacé, de longs frissons glissaient de mes épaules à mes reins. J'ai eu l'idée de faire un feu et j'ai récupéré un vieux journal au fond d'une poubelle à couvercle accrochée à un arbre. Mais le bois que j'ai pu ramasser était trop humide : de petites flammes timides ont rongé le papier, léché les branches sans s'y accrocher, se sont tordues en convulsions d'agonie, et ont disparu en laissant derrière elles un amas de confettis noirâtres. J'avais craqué en vain la moitié de mes allumettes et je n'ai eu d'autre recours que de retourner me pelotonner sous la table. Le froid m'a longtemps empêchée de dormir mais j'ai fini par m'assoupir, entortillée dans ma bâche.

La lumière blanche de l'aube m'a tirée de ce mauvais sommeil. Jamais je n'avais passé de nuit aussi horrible et j'étais au moins soulagée de la voir finie. Je me suis redressée péniblement et j'ai tâché de remettre un peu d'ordre dans ma tenue. Je devais avoir une allure particulièrement lamentable : mon pantalon était maculé de boue, mon pull tout chiffonné et je me sentais une mine de déterrée. La gorge me faisait affreusement mal, mes pieds étaient deux blocs de glace et le froid semblait s'être installé jusqu'à l'intérieur de mon ventre. Il fallait que je me mette au chaud. J'ai pensé à la brasserie et à la salle de cinéma, non plus comme à des antichambres de l'enfer, mais comme à des petits coins de paradis. D'un pas incertain, je suis redescendue vers le centre-ville.

Le serveur au sourire engageant avait disparu de la brasserie, remplacé par un homme à la moustache grisonnante et à l'air ronchon, qui m'a servie sans même me regarder. Tassée sur ma chaise, je me suis forcée à avaler le chocolat brûlant malgré ma gorge douloureuse, mais n'ai pas réussi à manger mon croissant. La liberté n'avait plus aussi bon goût que la veille. Bien que je me sois assise à côté d'un radiateur, je n'arrivais pas à me débarrasser des frissons qui me secouaient, alors même qu'une chaleur moite me poissait le cou. J'avais sûrement de la fièvre. La grosse blonde, la même que la veille, m'observait depuis son comptoir d'un regard insistant qui me mettait mal à l'aise. Je n'aurais pas dû revenir dans le même café. La femme me trouvait bizarre, je le voyais. J'ai tendu un billet de dix euros au serveur – il ne m'en restait que deux après ça – et j'ai empoché la monnaie. Une fois dans la rue, je n'ai pas eu d'autre idée que de me réfugier à nouveau dans l'obscurité accueillante du cinéma. Mais lorsque je suis arrivée devant la salle, je me suis heurtée à la grille baissée : le cinéma n'ouvrait ses portes qu'à dix-huit heures le lundi. Que faire d'ici là ? J'étais épuisée, une douleur lancinante s'était mise à battre sur le côté droit de ma tête. « Dieu me punit », ai-je pensé, et j'avais beau essayer d'en rire comme d'une réaction superstitieuse, cette idée ne cessait de me poursuivre. Je me laissais dériver au fil des rues, n'osant entrer nulle part. Je me suis enfin arrêtée devant une pharmacie et j'ai poussé la porte.

– Je voudrais des pastilles pour la gorge et du Doliprane, s'il vous plaît, ai-je murmuré en direction de la vendeuse.

– Tu n'as pas l'air bien. Ça ne va pas ? Tu veux t'asseoir ?

J'ai à peine eu le temps de me précipiter vers la porte. Une nausée terrible m'a secouée et m'a fait vomir sur le seuil. Je me suis retenue à la vitrine pour ne pas tomber. Une grande femme sèche en blouse blanche est accourue et a regardé le désastre d'un air consterné, avant de me tirer par le bras et de me conduire jusqu'à une chaise où je me suis écroulée. Il y avait beaucoup d'agitation autour de moi. On m'a frotté la bouche, les tempes. Je fermais les yeux, j'aurais voulu être loin, à cheval derrière le beau cowboy, galopant à travers monts et plaines, avec le vent sur mon visage.

– Ça va mieux ? Tu as un portable ?

La question m'a presque arraché un sourire. Un portable ? Moi qui n'avais pas le droit de me servir sans nécessité précise du téléphone de la maison. « Non », ai-je fait de la tête.

– Tu as le numéro de tes parents ? On peut les joindre ? a continué la pharmacienne, penchée sur moi.

Elle sentait bon : une odeur fraîche, d'eucalyptus.

Moi, en revanche, je devais drôlement puer, entre la crasse, la sueur et le vomi.

– Tes parents ? Tu as leur numéro ? a répété la femme.

– C'est bon, ça va aller, merci, ai-je murmuré. Je vais rentrer chez moi, c'est bon.

Mais la pharmacienne était têtue.

– Tu habites loin ? C'est quoi ton adresse ?

– Ça va, c'est tout près, je vais y aller, merci.

J'ai tenté de me lever, mais la femme m'a maintenue sur la chaise.

– Attends, reste assise. Je vais aller chercher tes médicaments. Repose-toi encore un peu.

Je me sentais piégée. La pharmacienne avait disparu dans l'arrière-boutique, mais une autre jeune femme me surveillait du coin de l'œil tout en s'occupant des clients. Où était passé mon sac à dos ? Au bout de quelques minutes la grande femme sèche est revenue, un sourire faux aux lèvres, et m'a tendu un verre d'eau où finissait de se dissoudre un comprimé efferves-cent.

– Tiens, bois ça, ça va te faire du bien. D'ici un moment, quand tu te sentiras mieux, tu pourras y aller.

Je me suis forcée à avaler. Le ton de la pharmacienne s'était durci. J'ai senti qu'il était inutile de protester ; de toute façon je n'en avais plus la force. La migraine battait sous mon crâne, j'étais secouée de frissons et j'avais même du mal à tenir assise. Peu après deux hommes ont poussé la porte de la pharmacie. Ils étaient en civil, mais j'ai compris tout de suite que c'étaient des policiers. Je les ai suivis sans opposer de résistance.

La sentence

La clé a tourné dans la serrure et la porte de ma chambre s'est entrouverte. J'ai entendu la voix d'Élise :

– Sarah, papa dit que tu dois descendre.

Quand je suis sortie dans le couloir, ma sœur avait déjà disparu. Elle m'en voulait terriblement, parce que ma « conduite déréglée » avait jeté l'opprobre sur notre famille et que du coup son fiancé risquait de prendre ses distances. En revanche Nicolas m'attendait en haut de l'escalier.

– Bon courage, ma vieille, te laisse pas faire, m'a-t-il glissé au passage.

Il n'aurait pas dû. Une sale envie de pleurer m'a secouée et je me suis mordu les lèvres presque au sang pour la réprimer. Depuis dix jours que j'étais rentrée à la maison, c'était la première parole amicale qu'on m'adressait. Quand mon père était venu me récupérer au commissariat de Mérande, je n'avais pas eu droit à des embrassades émues, comme je l'avais malgré tout espéré. Sottement espéré. Il avait pris cet air consterné que je connaissais bien, pour l'avoir souvent vu sur le visage du Tuteur ou d'autres « Sages » de la Communauté. Un air qui signifiait : « Comment peut-on se conduire de façon aussi insensée quand on a le privilège d'être né au sein de la vraie famille de Dieu ? » Il ne m'avait pas adressé la parole durant le trajet. Quant à ma mère, elle m'avait soignée avec efficacité tout en m'accablant de reproches : j'étais une ingrate, une égoïste, je compromettais ma famille, je risquais de gâcher l'avenir de ma sœur, etc. Seul Nicolas avait eu l'air content de me revoir, mais comme j'étais bien entendu retombée sous le coup de ma punition d'enfermement, il n'avait pas pu jusque-là m'adresser la parole.

J'ai tâché de prendre un air bravache pour lui répondre :

– T'inquiète pas, ils ne me font pas peur.

– Je suis avec toi, m'a répondu Nicolas.

C'était gentil de dire ça, n'empêche qu'en réalité j'étais seule. Et que je n'étais pas du tout rassurée à l'idée de me retrouver en face du tribunal qui m'attendait au salon. Au moment de pousser la porte, j'ai pris une grande inspiration pour me donner du courage, ce qui a en fait réveillé ma bronchite à peine guérie et déclenché une grosse quinte de toux. C'est donc à moitié suffocante que j'ai fait mon entrée dans la pièce. Le Tuteur était installé sur le canapé, encadré par deux autres membres du Conseil des Sages, Jean Vizade, le patron de mon père, et Robert Parchamp, le mari de celle qui m'avait vue devant le club. Mon père occupait le fauteuil qu'on appelait toujours « de grand-mère Marthe », même si elle était morte depuis plus d'un an. Ma mère était reléguée sur une chaise, un peu en retrait.

Le Tuteur a posé sur moi ses yeux délavés et m'a dévisagée d'un air glacial. Je me suis sentie soudain emplie de haine. Cela faisait quinze ans que j'entendais cet homme me prêcher l'amour de Dieu et de mes « frères et sœurs », et tout ce que j'éprouvais pour lui, c'était une violente haine.

– Sarah, a-t-il dit sans cesser de me fixer, ta conduite insensée nous a amenés à réfléchir sérieusement à ton cas. Lorsque tu as été surprise sortant d'un lieu où il t'était défendu d'aller et ce, la tête découverte, ton père t'a punie d'enfermement, ce qui était bien le moins qu'il pouvait faire. Mais toi, au lieu de venir confesser ta faute à l'assemblée et d'en demander pardon, tu n'as fait que persévérer dans la désobéissance et le péché en t'enfuyant de chez toi.

Il avait débité ce discours, visiblement préparé, de sa voix grave et lente, détachant soigneusement les mots. J'avais légèrement baissé la tête, mais pas les yeux, et je m'obstinais à le regarder par en dessous.

– Comment as-tu pu agir de la sorte, après les mises en garde que tu as entendues contre le monde ?

Je n'en pouvais plus de les entendre s'en prendre ainsi au « monde », comme ils disaient.

– Justement, je voulais vérifier si c'était justifié, ai-je déclaré d'un ton de défi.

Mon père a bondi dans son fauteuil.

– Tu oses questionner les Saintes Écritures ? s'est-il écrié. Oublies-tu qu'il est écrit : « N'aimez pas le monde, ni ce qui est dans le monde » ?

– Première épître de Jean, chapitre II, verset 15, a complété le vieux Parchamp d'un air entendu, tandis que Jean Vizade ajoutait :

– Ton père a parfaitement raison, Sarah. Tu ne peux contester la doctrine de la séparation car c'est le Seigneur lui-même qui nous l'a inspirée.

– Et alors, a repris le Tuteur dans ma direction, peux-tu nous dire ce que tu as conclu de ton observation du monde ? Tu n'en es pas revenue en très bonne forme, semble-t-il.

Il avait pris un ton supérieur qui m'a paru insupportable.

– Je n'ai rien vu de si mauvais, ai-je répondu bravement.

– Ne sais-tu pas que le Diable est habile ? a soudain lancé le vieux Parchamp. Qu'il dissimule sa perversité sous des dehors séduisants ?

Il avait l'air effaré, comme s'il avait réellement vu le Diable perché sur mon épaule.

– Es-tu allée voir un film ? a brusquement demandé le Tuteur sans tenir compte de cette interruption.

Cette attaque inattendue m'a prise au dépourvu.

– Tu y es allée, n'est-ce pas ? a grondé le Tuteur.

Il ne pouvait pas savoir, c'était un coup de bluff pour me coincer. J'avais envie de continuer à le défier en répondant la vérité, mais d'un autre côté, à quoi bon attirer sur moi et ma famille davantage d'ennuis ?

– Non, ai-je affirmé en tâchant d'avoir l'air assuré.

– Tu mens, tu mens ! a-t-il triomphé. Ta mère a trouvé un ticket de cinéma au fond de ton sac ! Et deux romans !

J'ai tourné la tête vers elle. Comment avait-elle eu le cœur de me trahir ainsi ? Mais elle a gardé les yeux baissés.

– Eh bien oui, ai-je soupiré, je suis allée au cinéma… Voir un western… Et aussi prendre un petit déjeuner dans un café, et manger des beignets chez un traiteur chinois…

Au point où j'en étais, pourquoi chercher à épargner ma famille ? La seule chose que je n'osais pas avouer, c'était que j'avais assisté en partie à un culte dans une église catholique.

– Quel péché ! Quel terrible péché ! Le Diable est en elle ! marmonnait le vieux Parchamp.

Le Tuteur s'est adressé à mon père d'un ton sévère :

– Ta fille a échappé à ton contrôle, Jean-Michel, et voilà à présent que… « l'insolente fait la honte de son père », mais aussi de notre Communauté. Nous avons pensé prendre une mesure d'isolement contre l'ensemble de la famille…

Il a marqué une légère pause. Le visage de mon père s'était soudain affaissé et ma mère a levé des yeux terrifiés vers le Tuteur. « L'isolement », cela voulait dire ne plus être autorisés à assister aux assemblées, n'être plus invités chez personne et donc se retrouver privés de toute relation sociale pour un temps plus ou moins long. C'était devenir des parias.

– Oui, a repris le Tuteur en feignant d'ignorer la réaction qu'avaient produite ses paroles, c'est une mesure qui aurait pu paraître pleinement justifiée car tu es responsable des égarements de ta fille. Cependant j'ai appelé le Ministre de Dieu hier soir pour lui exposer le cas, et il a jugé préférable de ne pas faire porter sur la famille entière la faute d'un de ses membres.

Je n'en croyais pas mes oreilles : le Tuteur avait téléphoné aux États-Unis pour soumettre mon cas au Ministre de Dieu lui-même ? Ce que j'avais fait était donc si grave ? Je commençais à avoir vraiment peur à la pensée de la punition qu'on allait m'infliger. Je me préparais en pensée à être condamnée à l'enfermement pour de longs mois. Mais je ne m'attendais pas à ce qui a suivi.

Le Tuteur a repris lentement :

– Le Ministre de Dieu a donc décidé ceci : plutôt que de condamner toute votre famille à l'isolement, il propose de mettre Sarah à l'abri des tentations mauvaises et de l'aider à retrouver le droit chemin prescrit par Dieu. Pour cela, vous devrez l'éloigner, car il est écrit que« si quelqu'un n'obéit pas à ce que nous disons, signalez-le et, pour le couvrir de confusion, ne le fréquentez pas ».

– Deuxième épître aux Thessaloniciens, chapitre III, verset 6, a débité le vieux Parchamp comme une mécanique bien huilée.

Le Tuteur lui a jeté un regard légèrement impatient. Moi, je sentais mon cœur s'emballer : « m'éloigner » ? Qu'entendait-il par là ?

– Donc, a repris le Tuteur, le Ministre de Dieu souhaite que Sarah soit envoyée loin d'ici, dans une famille sûre de la Communauté, une famille à qui ont déjà été confiés à plusieurs reprises des jeunes coupables d'indiscipline. Elle y restera le temps nécessaire pour trouver le chemin du repentir. Il faut espérer que cela ne sera pas trop long. Qu'en penses-tu, Jean-Michel ?

Mon père a un peu hésité avant de répondre :

– Ce n'est pas à moi de discuter une décision du Ministre de Dieu… Ça me paraît une solution sage.

Il était soulagé, ça se voyait. Il me sacrifiait sans état d'âme, moi la brebis galeuse, si ça pouvait lui permettre d'échapper à l'isolement et à la honte. Ma mère s'est approchée de lui et lui a soufflé quelque chose à l'oreille.

– Ah… heu, a dit mon père, et elle se trouve où, cette famille ?

– En Écosse, a répondu le Tuteur avec un petit sourire satisfait.

– Quoi ? ai-je crié.

Les yeux de ma mère s'étaient arrondis de surprise.

– En Écosse ? a répété mon père.

Le Tuteur a hoché la tête. J'aurais voulu lui arracher des lèvres son sourire exaspérant.

– Mais oui, a-t-il dit. Au nord de l'Écosse, dans notre communauté de Kilmarty. Il est nécessaire de couper Sarah de son environnement familier, afin qu'elle ne soit plus tentée de recommencer. Et puis cela lui permettra de parfaire son anglais. Mark Ramsay, le chef de famille, possède une petite conserverie de poissons dans laquelle sont employés une dizaine de nos frères et sœurs et il lui permettra d'y travailler. Ainsi elle ne s'ennuiera pas.

Je n'ai pu me retenir d'exploser :

– Mais… et l'école ?

– Ne t'inquiète pas pour ça. Au Centre de la Collinette tu suivais les cours par correspondance, n'est-ce pas ? Eh bien, tu continueras là-bas, voilà tout. Mark Ramsay veillera à ne pas te faire travailler à temps plein à la conserverie afin que tu aies le temps de tout faire.

– Mais je ne veux pas, ai-je protesté, je ne veux pas partir en Écosse ! Je vous en prie !… Papa, je t'en supplie, ne m'envoie pas là-bas !

– C'est pour ton bien que le Ministre de Dieu a pris cette décision, tu dois le comprendre, a dit mon père en regardant ses pantoufles.

Je me suis avancée vers ma mère.

– Maman, s'il te plaît ! Je te demande pardon d'avoir fait une fugue, mais ne les laisse pas m'envoyer là-bas !

J'ai tenté de lui prendre la main, mais elle l'a retirée.

– Sarah, je dois penser à mes autres enfants et à notre famille. Ton comportement insensé nous a causé du tort à tous, en particulier à ta sœur Élise. Et puis, comme te l'a dit ton père, c'est pour te retenir loin de la mauvaise route qu'on va te confier pour un temps à cette famille. À ton retour nous t'accueillerons avec joie et amour.

– « La réprimande procure la sagesse », Proverbes, chapitre 29, a commencé le vieux Parchamp. « Corrige ton fils et il te laissera en repos, il… »

– Et je suis censée partir quand ? l'ai-je interrompu.

C'était une grave impolitesse, mais je n'avais

vraiment plus rien à perdre. Les trois « Sages » ont échangé des regards affligés.

– Mon épouse a réservé un billet d'avion ce matin, a dit sèchement le Tuteur en s'adressant à mon père et non à moi. Sarah partira jeudi prochain. Je l'accompagnerai jusqu'à Paris, ce sera pour moi l'occasion de rendre visite à notre Guide national. Vous n'avez pas à vous inquiéter : je la mettrai dans l'avion, et la famille Ramsay l'attendra à l'arrivée, à l'aéroport d'Inverness, pour la conduire ensuite à Kilmarty, à une trentaine de kilomètres. D'ici là, veillez à ce qu'elle se tienne tranquille.

Puis il s'est tourné vers moi.

– Tu peux te retirer. Nous avons encore à discuter des arrangements.

Ma mère m'a raccompagnée jusqu'à ma chambre.

– Ça ne me fait pas vraiment plaisir, tu sais, de devoir te laisser partir, a-t-elle commencé.

Mais je ne l'ai pas laissée continuer.

– C'est bon, ne te fatigue pas. Vous serez bien plus tranquilles sans moi !

Et je lui ai fermé la porte au nez.

Comme je m'en voulais de m'être abaissée à les supplier, elle et mon père ! Comme je leur en voulais d'avoir accepté si facilement de se débarrasser de moi !

Préparatifs de départ

Je suis restée sous le choc de cette nouvelle toute la soirée et j'ai catégoriquement refusé d'aller à l'assemblée. Je devais vraiment avoir l'air mal en point, parce que mon père n'a pas insisté pour m'y entraîner, contrairement aux soirs précédents. Élise aussi est restée à la maison, officiellement parce qu'elle était très fatiguée, mais je me doutais bien qu'on l'avait chargée en fait de garder un œil sur moi.

Dans le courant de la nuit, tandis que je me tournais et retournais dans mon lit, mon abattement a fait place à la colère. Ils croyaient me faire plier en m'expédiant au loin et en me privant de mes repères familiers, mais ils en seraient pour leurs frais. Tout ce qu'ils obtiendraient avec cette punition injuste, c'était de me rendre encore plus révoltée. Comment pouvaient-ils espérer que je veuille rester parmi eux, quand ils me traitaient de la sorte ? Quand ma propre famille se dressait contre moi et me rejetait ? Si au moins j'avais dix-huit ans… comme je les enverrais promener, tous, y compris mes parents ! Ils osaient se prétendre des chrétiens modèles, suivant à la lettre les ordres du Christ, mais ils ne semblaient pas trop se rappeler que Jésus était venu sauver tous les pécheurs. Ils ne retenaient de la religion que les règles les plus stupides. J'étais bien décidée à ne pas devenir comme eux, comme ma mère surtout, mariée à dix-huit ans à un quasi-inconnu et seulement bonne ensuite à élever une flopée d'enfants, préparer des montagnes de nourriture et garder le silence. Seulement je ne me sortirais pas de là sans aide ; ma fugue ratée me l'avait bien fait comprendre.

Mais vers qui me tourner pour demander de l'aide ? Je n'avais de lien avec pratiquement personne en dehors de la Communauté, c'était justement là la force du système qui m'emprisonnait. Mme Castellane ? J'ai repensé aux livres qu'elle m'avait prêtés : ma mère s'était empressée de les lui réexpédier sans commentaire après les avoir trouvés dans mon sac, à mon grand désespoir. Mme Castellane se doutait certainement que j'avais des problèmes. Voudrait-elle pour autant intervenir ? Et de quelle façon pouvait-elle m'aider ? À part ça, mon amie la plus proche dans « le monde » était Manon, à qui je n'avais pas parlé depuis près de deux mois. J'aurais bien voulu faire appel à Olivier, mais la seule phrase qu'il m'ait jamais adressée c'était : « Bon, eh ben, salut »... À la limite Benjamin ; Benjamin s'était au moins vaguement intéressé à moi. De toute façon, même si ces trois-là avaient voulu faire quelque chose pour moi, ce n'étaient pas des adultes et je ne pouvais guère compter sur leur secours. Les amis et connaissances de ma famille faisaient bien entendu partie de la Communauté, sans exception... Et puis j'ai pensé à tante Brigitte.

Je ne la connaissais pas, je ne l'avais entrevue qu'une fois, au cimetière, à l'enterrement de grand-mère Marthe, et de loin, car mon père avait refusé que nous allions la saluer. Je crois même que jusqu'à ce jour j'ignorais son existence. Durant mon enfance, j'avais surpris quelquefois des conversations à son sujet, sans bien comprendre de qui il s'agissait. Mais après l'épisode du cimetière, j'avais décidé d'en savoir plus à son sujet.

– C'est la plus jeune sœur de ton père, m'avait expliqué ma mère. Elle a été exclue il y a longtemps parce qu'elle a voulu épouser un homme extérieur à la Communauté. Elle est partie vivre ailleurs, oubliant tout ce qu'elle avait appris. Une bien triste affaire !

– Et papa ne l'a plus jamais revue ?

– Il est allé la voir une fois, pour tenter de lui faire comprendre son erreur et la ramener parmi les siens, mais elle n'a rien voulu savoir. Cet homme l'avait pervertie. Ton père lui en veut beaucoup, il ne l'avait même pas informée du décès de grand-mère ; je suppose que c'est tante Suzanne qui l'a prévenue, ou alors Gilbert.

– Mais grand-mère Marthe était sa mère alors ? Et elle non plus, elle ne l'a jamais revue ? Sa propre fille ?

– Bien sûr que non. On doit se séparer de ceux qui ont été exclus et ont abandonné la vraie foi.

– Mais c'est affreux !

Ma mère n'a pas compris le sens de mon exclamation.

– Oui, a-t-elle conclu, c'est affreux de voir une sœur rejeter ainsi la Vérité et se perdre dans le monde.

Je repensais à présent à cette mystérieuse tante Brigitte. Ma mère n'avait pas voulu m'en dire plus à son sujet, prétendant tout ignorer d'elle et de sa vie, ce qui était peut-être vrai. J'avais quand même réussi à voir en sortant du cimetière que sa voiture était immatriculée dans notre département. C'était incroyable de penser qu'elle vivait non loin de chez nous depuis des années, que nous avions pu nous croiser sans le savoir, que j'avais sans doute des cousins… Si j'arrivais à la contacter, peut-être accepterait-elle de m'aider ? Elle était la mieux placée pour comprendre ce que je subissais. Je me suis sentie moins seule à cette idée.

Il n'y avait qu'un problème : comment découvrir son adresse ? Mon père la connaissait probablement, mais il était hors de question que je la lui demande. Si nous avions été une famille normale, nous aurions possédé un ordinateur, et j'aurais pu la trouver en trois clics sur Internet… Mais si nous avions été une famille normale, je n'aurais pas eu besoin de rechercher ma tante et de l'appeler à l'aide. J'étais si énervée que je me suis agitée pendant des heures encore sans trouver le sommeil.

Les jours suivants ont été cauchemardesques. Ma mère préparait ma valise avec son entrain habituel, répétant que ce séjour en Écosse serait pour moi une magnifique expérience, aussi bien sur le plan linguistique que spirituel et humain. Elle est même allée jusqu'à suggérer d'un air quasi coquin que je ferais peut-être là-bas une rencontre intéressante, qui déboucherait inévitablement sur une proposition de mariage.

– Bien sûr, tu es encore un peu jeune, mais le fait de te fiancer te stabiliserait, et la perspective de fonder bientôt une famille t'aiderait à mettre de l'ordre dans cette petite tête perturbée, m'a-t-elle asséné avec un sourire complice.

Il a vraiment fallu que je me retienne pour ne pas lui balancer le contenu de la valise à la figure.

Et puis, trois jours avant le départ, elle m'a conduite chez le dentiste pour une visite de contrôle avant mon exil. Il n'y avait qu'une vieille dame dans la salle d'attente quand nous sommes arrivées. J'ai regardé avec envie le magazine qu'elle feuilletait d'un air distrait. Vivement que ma mère aille faire soigner sa carie pour que je puisse me jeter sur la pile de revues entassées sur la petite table ! Leurs couvertures m'attiraient comme la lumière attire les phalènes et je lorgnais le plus discrètement possible sur leurs titres étrangement excitants : « Dix secrets pour conquérir un homme… et le garder », « Mode : hippie-chic ou rocker-choc ? », « Enceinte et sexy, c'est possible ». Ma mère a sorti sa bible et s'est plongée ostensiblement dans sa lecture tout en me surveillant du coin de l'œil. J'ai regardé mes genoux. L'heure des provocations inutiles était passée. Le dentiste est venu chercher la vieille dame et un peu plus tard la porte de la salle d'attente s'est à nouveau ouverte. J'ai sursauté en reconnaissant Benjamin.

– Bonjour ! a-t-il claironné dans ma direction.

– Bonjour, a marmonné ma mère en réponse.

Moi, j'ai précipitamment ramené mes yeux au sol et je suis restée muette. Benjamin s'est assis le plus loin possible de nous et s'est collé des écouteurs dans les oreilles. Je me suis demandé quelle musique il écoutait. Moi, à part les hymnes de l'assemblée, je ne connaissais rien. Manon m'avait parfois fait entendre des bribes de chansons sur son portable, mais j'étais incapable de faire la différence entre le rock, le rap, le slam. Chez nous, on ne devait pas écouter de musique pour le plaisir. Ma mère, qui aimait beaucoup chanter, s'en tenait aux chants religieux, et attendait d'être seule à la maison ou en voiture pour donner de la voix en dehors des assemblées. Benjamin tapotait sa cuisse en rythme, un petit sourire sur les lèvres.

– Madame Verdier, a appelé le dentiste.

– Maman, tu peux me laisser ta bible ? ai-je murmuré.

Ma mère m'a regardée d'un air légèrement surpris, avant de me tendre le volume avec un air approbateur. Je me sentais un peu coupable de lui jouer la comédie, mais j'avais besoin d'endormir ses soupçons. Dès que la porte s'est refermée sur elle, j'ai reposé le livre et regardé Benjamin. Ce n'était pas le moment de faire ma timide.

– Excuse-moi pour tout à l'heure, ai-je dit. Je ne pouvais pas te parler devant ma mère.

– Quoi ? a fait Benjamin en se débouchant une oreille.

– Excuse-moi pour tout à l'heure. Je ne pouvais pas te parler devant ma mère.

– Ah, heu… ça va, depuis l'autre fois, au tennis ?

J'ai hésité.

– Non, ça ne va pas bien, pas bien du tout.

Benjamin m'a regardée attentivement. J'ai remarqué qu'il avait de beaux yeux verts. Son air moqueur avait disparu. Il est venu s'asseoir sur la chaise à côté de moi.

– Qu'est-ce qui t'arrive ?

J'ai senti mes défenses craquer ; les frustrations, les colères, les doutes qui m'assaillaient depuis longtemps m'ont soudain submergée. J'ai commencé à parler et je lui ai raconté ce que je n'avais jamais dit à personne, pas même à Manon : l'interdiction de fréquenter « le monde », de goûter aux plaisirs ordinaires de la vie, les soirées et les dimanches passés aux assemblées et, pour finir, ma fugue et ma condamnation à l'exil en Écosse. J'ai parlé précipitamment, sans oser le regarder en face.

– Ça alors, a-t-il lâché à la fin de mon récit, je savais que les Rigoureux vous étiez un peu bizarres, mais j'imaginais pas… C'est dingue ce qui t'arrive, tu peux pas accepter ça, il faut que tu réagisses !

J'ai soupiré :

– Qu'est-ce que tu veux que je fasse ? Je me suis sauvée une fois et la police m'a ramenée chez mes parents. J'ai bien une tante qui a quitté les Rigoristes et qui pourrait peut-être m'aider, mais je connais même pas son adresse… Et j'ai pas Internet.

– Je pourrais chercher pour toi. Elle s'appelle comment ?

– Brigitte, et son nom de jeune fille c'est Verdier, comme moi. Mais elle est mariée. Et je sais qu'elle habite dans le département.

– On doit pouvoir trouver…

– Tu pourrais faire ça pour moi ? Et m'écrire quand je serai là-bas ?

Je ne sais pas quelle audace m'avait poussée à dire ça ; le désespoir, sans doute. J'étais prête à me raccrocher à toute main un tant soit peu amicale pour ne pas sombrer. Benjamin a ouvert des yeux ronds.

– T'écrire ? Comment ça ?

– M'écrire une lettre, quoi !

– Ah, une lettre… Et c'est quoi ton adresse ?

– Je ne sais même pas. De toute façon, si tu m'écrivais, les gens chez qui je serai ouvriraient la lettre et la confisqueraient… et j'aurais encore des ennuis. Laisse tomber, va !

– J'aimerais bien t'aider, a dit Benjamin, mais je vois pas comment.

Mon cerveau fonctionnait à toute vitesse. Ma mère pouvait réapparaître d'un instant à l'autre. Et soudain j'ai eu une idée.

– Il y a un moyen… Je vais continuer mes cours par correspondance. Les profs du Centre scolaire vont me les réexpédier et moi je leur renverrai mes devoirs. Il faudrait glisser les lettres à l'intérieur… Mademoiselle Fraisse, la répétitrice d'anglais, est assez gentille, elle accepterait peut-être…

– Jeanne Fraisse ? m'a interrompue Benjamin. Attends, mais ma sœur la connaît : elles étaient au lycée ensemble…

Un bruit venant du couloir m'a empêchée de lui répondre. Je l'ai poussé de la chaise.

– Vite !

Quand le dentiste a ouvert la porte, Benjamin avait regagné son coin et moi j'avais le nez plongé dans la bible. Ma mère est entrée et m'a jeté un regard soupçonneux. Peut-être nous avait-elle entendus parler ? Je me suis glissée à la suite du dentiste sans oser jeter un regard d'adieu à Benjamin.

À quoi bon ? Je n'aurais pas dû me confier à lui ainsi. Je l'avais sans doute mis dans l'embarras. Comment avais-je pu imaginer qu'il s'intéresserait suffisamment à mes problèmes pour se démener à mon service et entamer avec moi une correspondance secrète, alors que nous nous connaissions à peine ? Quelle folle j'étais ! Les larmes me sont montées aux yeux.

– Je te fais mal ? a demandé le dentiste.

– Hon, hon, ai-je péniblement marmonné en déglutissant ma salive et en ravalant mes larmes.

Deuxième partie

Kilmarty

Son œil rond et vide semblait me fixer bêtement. Comme je le haïssais, lui et tous ses congénères ! J'ai empoigné mon couteau et je lui ai tranché la tête d'un geste violent. Le pire restait à faire, je le savais et ça me mettait en colère. J'ai pris les ciseaux et je lui ai ouvert le ventre. J'avais déjà fait ça des centaines de fois, mais je n'arrivais pas à m'habituer. J'ai plongé mon gant en caoutchouc dans l'ouverture et j'ai tiré sur les viscères en essayant de ne pas regarder. Il y a eu un « floc » lorsqu'elles ont atterri dans le seau à déchets. L'odeur me soulevait le cœur, cette odeur de poisson dont j'étais si imprégnée après un mois passé à travailler à la conserverie, que je craignais de ne plus jamais m'en débarrasser. L'enfer devait ressembler à ça : non pas un abîme rougeoyant et brûlant, comme on me l'avait raconté, mais un hangar carrelé, humide et glacé, où, frissonnant malgré le gilet matelassé, les jambes douloureuses à force de rester debout, les pieds gelés dans les bottes de caoutchouc, on devait étriper des heures durant de gros poissons morts. Je haïssais les poissons, je haïssais la conserverie, et je haïssais Mr Ramsay, à la fois patron de cet horrible endroit, « Tutor » de la Communauté de Kilmarty, et chef de la famille qui « m'accueillait ».

Si on pouvait appeler cela « accueillir ». Quand j'avais débarqué à l'aéroport d'Inverness et que j'avais aperçu le visage fermé de Mr Ramsay, j'avais compris que je ne devais guère m'attendre à de la bienveillance ou de la sympathie de sa part. Durant le trajet en voiture, il m'avait fait de brèves recommandations, tout en me jetant de temps à autre un regard sévère dans le rétroviseur. Susan Ramsay, sa femme, ne s'était pas montrée plus chaleureuse. Âgée d'environ soixante ans comme son mari, c'était une grande femme au visage étroit, aux manières brusques. Elle était aussi sèche que son mari était épais, mais ils avaient en commun un teint rougeaud et une expression de dureté sur le visage. Ils m'ont immédiatement déplu.

Heureusement, il y avait Janet et Peter. Janet était la plus jeune des enfants Ramsay et la seule à habiter encore chez ses parents, bien qu'elle soit mariée depuis déjà deux ans à Peter. Ils avaient l'un et l'autre une petite vingtaine d'années et s'étaient montrés nettement plus sympathiques à mon égard que les parents Ramsay. J'avais trouvé bizarre que tous quatre vivent sous le même toit car, dans la Communauté, la règle voulait que les jeunes mariés s'installent très vite dans leur propre maison.

Mais le couple formé par Janet et Peter était, il est vrai, un peu particulier : en effet ils n'avaient pas encore d'enfant, ce qui faisait le désespoir de Janet mais ne semblait pas perturber Peter. Et puis ce dernier n'était pas tout à fait conforme au modèle de chef de famille rigoriste. Huit mois avant mon arrivée, il avait fait une mauvaise chute alors qu'il travaillait sur un toit et il en avait gardé une légère boiterie de la jambe gauche, mais aussi des habitudes de paresse. Depuis cet accident, il n'avait pas repris son travail de couvreur, et ne se montrait pas davantage pressé de trouver une autre carrière où exercer ses talents. Son beau-père lui répétait souvent qu'il y avait du travail pour lui à la conserverie, mais Peter objectait que l'humidité et le froid qui y régnaient réveillaient de façon insupportable ses douleurs à la jambe et qu'il ne se sentait pas encore assez fort pour reprendre un travail régulier. J'avais très vite remarqué que sa boiterie s'accentuait nettement lorsqu'il était en présence des Ramsay. Il se contentait donc de s'occuper des bons de commande et des factures à la maison, supervisé par Susan, qui se plaignait du manque de rigueur et d'application de son apprenti. Elle et son mari supportaient difficilement les airs nonchalants de leur gendre ; il était évident qu'ils ne l'appréciaient pas beaucoup et regrettaient de lui avoir donné Janet en mariage. J'avais l'impression que s'ils le gardaient sous leur toit, c'était surtout parce qu'ils n'avaient aucune confiance en lui et préféraient le tenir à l'œil en permanence.

Pour ma part, je le trouvais plutôt sympathique, car je sentais que, comme moi, il étouffait dans le carcan des règles rigoristes et qu'il rêvait d'une vie moins austère. J'aimais la façon dont il se moquait en douce des Ramsay, n'hésitant pas à me jeter un regard complice lorsque Susan lui faisait une remarque désobligeante ou lorsque le « Tutor » m'accusait de mettre peu d'enthousiasme à mon travail de « nettoyeuse-coupeuse » de poissons. Avec ses yeux d'un bleu très pâle souvent perdus dans le vague et l'ombre de sourire qui flottait sur ses lèvres minces, il avait l'air d'être ailleurs et opposait à l'hostilité plus ou moins voilée de ses beaux-parents une indifférence sereine que j'admirais. J'aurais voulu être comme lui. J'en étais loin. L'indifférence et la sérénité ne faisaient pas partie de mes traits de caractère. Sa présence en tout cas me réconfortait et me donnait le sentiment d'avoir, sinon un allié, du moins un compagnon d'infortune dans cette maison sinistre.

Janet, elle, se trouvait dans une position

difficile, coincée entre ses parents qu'elle respectait comme il se doit, et son mari qu'elle adorait plus qu'il ne se doit, d'après moi. Il faut dire que Peter était plutôt mignon et charmeur, à condition d'aimer les maigrichons, alors que la pauvre Janet manquait totalement de grâce, avec ses cheveux ternes, son teint aussi rouge que celui de ses parents, ses traits lourds et ses gestes maladroits. Elle me faisait un peu pitié, tant elle était timide et mal à l'aise avec les autres. Le fait de n'avoir pas encore engendré de petit Rigoriste lui avait probablement ôté le peu de confiance qu'elle avait en elle et les regards désolés qu'elle posait sur les bébés des autres « sisters » fendaient le cœur. Avec moi, elle se montrait d'une extrême gentillesse, comme avec tout le monde d'ailleurs. On aurait cru qu'elle cherchait en permanence à se faire pardonner on ne sait quelle faute. Elle était employée dans la conserverie paternelle, mais je la voyais peu, car elle s'occupait de l'équipe de femmes chargées du remplissage, du sertissage et de l'étiquetage des boîtes, dans une salle éloignée de celle où je charcutais mes poissons.

– *Watch out, Sarah !*

Je venais de jeter les boyaux à côté du seau, presque sur les bottes de ma voisine.

– *Sorry*, ai-je grommelé en ramassant le petit tas dégoûtant pour le mettre à la poubelle.

Ma conversation avec mes collègues se limitait généralement à ce genre de dialogue. Ce n'était pas le problème de la langue qui m'empêchait de discuter avec elles, car j'avais un bon niveau d'anglais, comme tous les membres de la Communauté, mais simplement je n'avais rien à leur dire. J'ai essayé de me concentrer sur ma prochaine victime.

Lorsque nous sommes sortis de la conserverie, la nuit était déjà tombée depuis un bon moment. Il n'était pourtant que cinq heures du soir, mais nous étions fin novembre et, au nord de l'Écosse, les jours étaient effroyablement courts. Il ne faisait guère plus froid dehors que dedans, mais un vent violent soufflait dans les rues et, même si pour une fois il ne pleuvait pas, l'humidité venue de la mer me glaçait les os. Comme je regrettais la douceur quasi méridionale de Saint-Gabin ! Le village de Kilmarty avait pourtant son charme, je devais le reconnaître, avec ses maisons trapues de pierre grise alignées le long de la baie, son port de pêche, et la mer qui battait inlassablement la jetée. C'était la mer du Nord, froide et grise, bien loin des images ensoleillées de flots bleus dont j'avais rêvé lorsque je souhaitais voir « la mer », mais sa beauté rude me gonflait le cœur, comme l'air iodé venu du large me gonflait les poumons.

Malheureusement, je n'avais guère le loisir de flâner dans les rues et de contempler l'horizon.

La maison des Ramsay était située à plusieurs kilomètres du village, tassée dans un creux de vallon d'où l'on ne voyait rien qu'un bout de lande désolée. Je ne me rendais au village que pour aller travailler à la conserverie, trois jours par semaine, et évidemment pour assister aux assemblées en soirée et le dimanche. Tous ces trajets, je les effectuais dans la voiture de Mr Ramsay, et toujours de nuit, sauf le dimanche, où l'assemblée de la mi-journée me permettait au moins de contempler le paysage qui s'étendait autour de Kilmarty.

La Communauté locale était plus réduite que la nôtre : à peine une centaine de personnes, alors qu'à Saint-Gabin nous étions plus du double. Mis à part cette différence de nombre et le fait que tout se passait en anglais, j'avais l'impression hallucinante de n'avoir pas bougé : je retrouvais la même salle éclairée au néon, le même cercle réuni pour écouter la lecture des mêmes passages des Saintes Écritures ou les instructions du Ministre de Dieu et chanter les mêmes cantiques. Mes « sisters » écossaises portaient une tenue semblable à la mienne et, comme chez nous, elles se tenaient sur les rangées les plus extérieures du cercle, muettes et effacées, avant d'aller servir aux hommes la collation qui suivait la prière. Le menu était un peu différent, avec quelques spécialités locales et beaucoup de poisson, mais à part ça…

À part ça, ma vie était dix fois pire qu'en France. Au moins, là-bas, j'étais en famille, même si ça n'allait pas très fort avec mes parents et si j'étais coupée de mes frères et sœurs. Chez les Ramsay, j'étais vraiment seule. Et puis, à Saint-Gabin, je ne devais pas passer des heures à taillader des poissons pour leur arracher les boyaux. J'en arrivais à regretter le Centre scolaire de la Collinette et mes « camarades » de classe. À Kilmarty, je ne croisais les adolescents de la Communauté qu'à l'occasion des assemblées et n'avais pas vraiment lié connaissance avec eux. Ils avaient dû être prévenus contre moi, car ils me regardaient avec méfiance. J'avais bien remarqué néanmoins que deux ou trois garçons me lançaient des regards appuyés et cherchaient à me parler, mais je n'aimais pas leurs façons sournoises et n'avais pas la moindre envie de me rapprocher d'eux.

Le seul à qui je parlais vraiment était Peter. Les jours où je restais chez les Ramsay pour travailler à mes cours par correspondance, nous avions assez souvent l'occasion d'être ensemble, car il ne se montrait guère assidu à sa tâche et profitait des absences de sa belle-mère pour venir bavarder avec moi. Il s'intéressait à mon histoire et m'avait questionnée sur les raisons de mon exil forcé. Je lui avais raconté mes actes de désobéissance et ma fugue, sans chercher à dissimuler que l'esprit de révolte qui me les avait fait commettre était toujours en moi. Il m'était rapidement apparu qu'il partageait en grande partie mon sentiment à l'égard des interdits que la Communauté nous imposait. Il m'a avoué qu'il avait, lui aussi, songé plusieurs fois à s'enfuir et qu'il regrettait de ne pas l'avoir fait. J'ai cru comprendre que son mariage avec Janet ne le rendait pas heureux.

– Je me sens doublement prisonnier, depuis que je suis marié, avait-il soupiré un jour.

Cependant, quelque chose en lui me gênait : je le soupçonnais d'être un faible et un lâche, qui préférait s'accommoder de sa situation plutôt que de passer à l'acte. Il se perdait parfois devant moi dans le rêve fumeux d'une nouvelle vie, mais je doutais qu'il ait le courage de repartir à zéro. Il était trop nonchalant pour cela. Malgré tout, parler avec lui me faisait du bien et je riais de bon cœur à ses moqueries à l'encontre des Ramsay, qu'il surnommait les « Fish and Chips » : Mr Ramsay était « Fish », sa femme, « Chips », et la pauvre Janet, « Ketchup ». Quant à moi, il m'appelait généralement « Froggie », la petite grenouille, mais c'était plutôt gentil. Il me distrayait souvent pendant mon travail scolaire, et je bâclais de plus en plus mes devoirs, mais qu'avais-je d'autre que mes bavardages avec lui pour m'empêcher de sombrer complètement dans la tristesse de cette affreuse vie ?

Correspondance

Je recevais une fois par semaine cours et devoirs du Centre de la Collinette, et à chaque fois j'avais l'espoir, en ouvrant l'enveloppe, d'y découvrir un message de Benjamin. Mais les semaines passaient, et les courriers ne contenaient rien d'autre que des leçons et des corrigés. J'étais bien naïve d'espérer encore que ce garçon que je connaissais à peine pourrait perdre son temps à mener avec moi une correspondance interdite. Les seules lettres que j'avais reçues par ailleurs étaient les brefs messages de mon père, qui se contentait de me recommander une conduite irréprochable et m'assurait que « *la Communauté de Saint-Gabin prie pour que la lumière du Seigneur me guide à travers cette épreuve* ». À quoi ma mère ajoutait invariablement : *Affectueuses pensées de nous tous. Que Dieu t'ait en Sa sainte garde.* Mon frère et mes sœurs n'étaient pas autorisés à m'écrire.

Un jeudi de début décembre pourtant, alors que j'épluchais la liasse de feuilles que je venais de recevoir du Centre scolaire, j'ai aperçu une enveloppe blanche glissée entre deux pages d'un devoir d'anglais. Je me suis mordu les lèvres pour ne pas pousser un cri de triomphe, tout en déchirant impatiemment l'enveloppe. J'ai vérifié d'un coup d'œil la signature au bas de la feuille de classeur couverte d'une écriture brouillonne : « Ben ». Puis je me suis efforcée de lire calmement.

Salut, Sarah. Je ne t'ai pas écrit avant parce que j'ai attendu que ma grande sœur vienne nous voir pour aller avec elle parler à Jeanne (ta prof d'anglais). Au début elle ne voulait pas trop servir de facteur et puis elle a accepté. J'espère que tu recevras cette lettre sans problème. J'ai raconté à ma sœur ce que tu m'avais dit chez le dentiste, elle était choquée comme moi. Elle voulait même en parler à nos parents, mais j'ai pensé que tu n'aimerais peut-être pas ça et que de toute façon ça ne changerait rien. Par contre elle m'a aidé à chercher l'adresse de ta tante. On a eu un peu de mal, parce qu'elle est mariée et qu'elle ne s'appelle plus Verdier, mais comme ma sœur a une copine qui travaille à la Sécurité sociale à Valence, on a fini par mettre la main dessus. Elle habite pas loin, à Mérande. Je te joins le papier avec ses coordonnées. Si tu veux lui écrire, ou me répondre, il faut que tu te débrouilles par contre pour envoyer les lettres par la poste écossaise car Jeanne dit que c'est la secrétaire qui ouvre les devoirs que tu envoies à l'école et qui les distribue aux profs. J'espère que ta tante pourra t'aider et qu'en attendant tu tiens le coup. J'ai regardé sur Internet où était Kilmarty, c'est vachement au nord, il doit pas faire chaud.

Allez, salut et bon courage,

Ben

Il y avait encore un PS avec son adresse.

J'ai relu la page trois fois avant de la replier et de la glisser dans mon livre d'histoire-géo. Depuis bien longtemps, rien ne m'avait fait aussi plaisir que cette lettre. Je n'avais qu'un regret, c'est qu'il n'y soit pas fait mention d'Olivier. J'aurais tellement voulu avoir de ses nouvelles ! Quel dommage que je ne sois pas tombée sur lui au lieu de Benjamin dans la salle d'attente du dentiste… sauf que je n'étais pas sûre que j'aurais osé parler de mes problèmes à Olivier… ni qu'il s'y serait intéressé.

Il m'a fallu plusieurs jours pour réussir à rédiger de façon à peu près satisfaisante ma réponse à Ben et ma première lettre à ma tante Brigitte. Difficile de dire laquelle m'a le plus coûté d'efforts, mais pour chacune j'ai soigneusement pesé mes mots. Celle destinée à Ben contenait surtout des remerciements mais aussi une brève description de mon existence à Kilmarty et un PS qui disait : *Salue de ma part madame Castellane, Manon et Olivier.* J'avoue avoir beaucoup hésité à ajouter « Olivier ». J'étais partagée entre la crainte de dévoiler mes sentiments et le désir de le faire. Le désir avait été plus fort.

À ma tante, je disais d'abord mon regret de ne pas la connaître et combien je souhaitais pouvoir la rencontrer un jour, puis j'essayais d'expliquer dans quelle situation et dans quel état d'esprit je me trouvais. J'écrivais pour finir que j'espérais une réponse de sa part par l'intermédiaire de Ben, qui me la ferait passer. J'avais essayé de ne pas prendre un ton geignard, mais ma lettre était visiblement un appel à l'aide. Voudrait-elle y répondre ? Je n'imaginais pas qu'elle puisse faire grand-chose pour moi mais, dans les circonstances où j'étais, la moindre marque de sympathie me serait précieuse. J'avais au moins appris grâce à Ben qu'elle vivait à Mérande. Si je l'avais su au moment de ma fugue, les choses se seraient peut-être passées différemment, mais il était inutile à présent de revenir sur cet épisode.

Une fois ces deux délicates missives terminées, je suis allée trouver Peter. J'éprouvais quelques réticences à m'en remettre à lui, mais je n'avais pas de meilleure solution : je ne disposais pas du moindre penny pour acheter des timbres, ni du moindre instant de liberté pour me rendre à la poste. Peter a accepté sans difficulté de poster mes lettres, mais je n'ai pas tellement aimé son petit sourire quand il m'a dit :

– *Well*, Froggie, tu es une vilaine fille, mais comme moi je suis un gentil garçon, je vais faire ça pour toi.

– Tu ne diras rien à Fish and Chips, promis ? Ni à Ketchup ? ai-je demandé avec un peu d'inquiétude.

– Bien sûr que non ! C'est pas mon style. Tu me devras une petite faveur, c'est tout ! Je posterai tes lettres demain, en même temps que les putains de factures de cette putain de Chips.

J'ai dit : « Merci beaucoup, Peter », en feignant de n'avoir pas entendu ses jurons. Depuis qu'on se connaissait mieux, il se laissait aller en ma présence à utiliser des mots grossiers. Façon de se défouler, je suppose. C'était un truc que je faisais aussi parfois, mais seulement en chuchotant juste pour moi, et je devais admettre que ça me choquait d'entendre ce genre de mots proférés tout haut. Peter examinait les enveloppes que je lui avais remises.

– Dis donc, a-t-il ricané en me faisant un clin d'œil, c'est qui, ce Benjamin ? Un boyfriend, je parie ?

– Mais non, c'est juste un ami qui m'a aidée à trouver l'adresse de ma tante… L'autre lettre, c'est pour ma tante.

J'ai voulu me lancer dans des explications pour me justifier, mais Peter m'a interrompue :

– C'est bon, Froggie, pas de panique ! Moi, je trouve ça normal que tu aies un boyfriend : c'est de ton âge et puis… mignonne comme tu es… C'est un garçon de la Communauté ? Tu sors vraiment avec lui ?

Ses questions me mettaient mal à l'aise et il commençait à m'énerver.

– Je te l'ai dit, c'est juste un ami qui m'a aidée. Je lui écris pour le remercier, voilà tout. Tu peux ouvrir la lettre et vérifier, si tu veux.

J'étais tranquille de ce côté-là, car je savais qu'il ne comprenait pas le français. L'anglais était en effet la langue officielle de l'Église rigoriste, puisque l'essentiel de ses quarante mille membres vivaient dans des pays anglo-saxons, et si les frères français, italiens, espagnols ou sud-américains suivaient tous un solide apprentissage de l'anglais, les frères anglophones, eux, n'éprouvaient aucunement le besoin de connaître des langues étrangères. Peter a haussé les épaules.

– Hé, pas la peine de te fâcher, Froggie ! T'as vraiment un sale caractère, hein ? Mais t'en fais pas, boyfriend ou pas, il l'aura, ta lettre !

Il a fourré les enveloppes dans sa poche et je suis retournée sans enthousiasme à mon devoir d'histoire-géo… Ben, mon boyfriend ? N'importe quoi !

Le lendemain soir, quand je suis rentrée de la conserverie, Peter m'a discrètement fait signe que tout était OK. Je lui ai adressé un sourire reconnaissant derrière le dos de Janet. J'avais quand même de la chance dans mon malheur d'avoir trouvé des alliés comme lui et Ben. J'en avais bien besoin pour tenir le coup. J'avais en effet espéré que mon exil s'achèverait avec la fin de l'année, mais on était déjà début décembre et rien ne semblait indiquer que mon retour en France soit proche. Lorsque j'avais interrogé mon père sur le terme de mon exil dans ma dernière lettre, il m'avait répondu que le Conseil des Sages n'avait encore fixé aucune date. J'en avais conclu que les rapports de Fish and Chips à mon sujet ne les avaient pas incités à me considérer comme véritablement repentie. J'aurais dû me montrer plus soumise et jouer la comédie mais une telle hypocrisie n'était guère dans ma nature. Il m'était déjà bien assez difficile de réprimer ma colère et de ne pas les envoyer balader, eux et leurs sales poissons. Quand je pensais qu'il me restait encore des semaines, peut-être des mois, à supporter leurs mines pincées, le froid glacial de la conserverie, l'odeur des poissons étripés et la solitude affreuse où j'étais, j'avais envie de hurler et de tout casser. Sans ce début de correspondance avec Ben, sans ce mince fil qui me reliait au « monde », je l'aurais sans doute fait. Mais à présent je pouvais supporter mon sort avec un peu plus de patience, soutenue par l'idée que mes lettres étaient en route vers leurs destinataires, et par l'espoir de recevoir une réponse en retour.

Ce soir-là, devant l'inévitable plat de poisson au four, je me suis montrée un peu moins renfrognée qu'à l'habitude et lorsque Mrs Ramsay s'est mise à évoquer les préparations culinaires qu'elle comptait amener à l'assemblée du dimanche, je me suis même proposée pour faire un gâteau au chocolat « à la française ». Tout le monde m'a regardée avec surprise et Chips a fait remarquer de sa voix sèche :

– Eh bien, Sarah, on dirait que l'esprit de révolte que le Diable t'avait insufflé commence à s'apaiser. Nos efforts et nos prières pour toi n'auront peut-être pas été vains. Dieu en soit loué.

Je me suis efforcée en retour de grimacer un sourire bien humble, même si je bouillais intérieurement de colère contre cette femme dure et froide.

– C'est très gentil de ta part, s'est exclamée Janet, l'air sincèrement ravi. Tu m'apprendras la recette, n'est-ce pas ? Peter est si gourmand de chocolat, a-t-elle ajouté en jetant à son mari un de ses habituels regards éperdus d'adoration.

Elle me faisait pitié et je me sentais un peu coupable d'avoir comploté avec Peter et d'employer moi aussi ce vilain surnom de « Ketchup » lorsque nous parlions d'elle. J'espérais malgré tout que Peter ne lui dirait rien à propos de mes lettres, car j'étais sûre qu'alors elle se serait sentie obligée d'en informer ses parents. Je n'étais quand même pas trop inquiète à ce sujet : Peter avait l'habitude de dissimuler bien des choses à sa femme. Il me semblait que j'en savais sur lui beaucoup plus qu'elle, au fond. Mais je n'en savais pas moi-même autant que je le croyais.

Une balade sur la falaise

Noël approchait. Au village, de jolies couronnes sont apparues sur les portes des maisons et, derrière les fenêtres, on apercevait des sapins garnis de rubans et de boules. Les devantures des modestes magasins de la grand-rue ont soudain pris un air plus pimpant et une guirlande lumineuse tendue au-dessus du carrefour principal s'est mise à souhaiter un « Merry Christmas » aux passants.

Bien entendu, rien de tout ça chez Fish and Chips : pas plus à Kilmarty qu'à Saint-Gabin, la Communauté rigoriste ne marquait cette date par des festivités particulières. J'y étais habituée, mais cette fois ça m'a semblé encore plus dur que d'habitude. Je n'ignorais pas que Noël était devenu dans « le monde » une honteuse foire commerciale, on me l'avait assez répété afin de me montrer à quel point « les autres » vivaient éloignés de Dieu, mais n'était-ce pas aussi le temps des retrouvailles familiales, de l'apaisement des conflits et de l'indulgence à l'égard des enfants ? J'aurais tant voulu que ce soit ça pour moi.

Noël a tout de même été marqué par un changement notable : la conserverie a fermé pour cinq jours, faute d'approvisionnement en cette période de fête. Et Fish and Chips ont mis à profit ce congé inhabituel pour rendre visite au père de Mr Ramsay, un très vieux monsieur qui, à ce que j'ai compris, attendait la mort chez une de ses filles dans le sud de l'Angleterre. Trois jours libérée à la fois d'eux et de leurs horribles poissons, c'était presque la fête !

Le lendemain de leur départ, même la nature a semblé vouloir se mettre au diapason : après deux semaines de pluie quasi ininterrompue, un brave petit soleil d'hiver s'est décidé à combattre la grisaille et à défier ce sombre décembre. Pour la première fois depuis mon arrivée, je me suis levée tard et non pas en pleine obscurité ; lorsque j'ai ouvert mes rideaux et vu le ciel bleu, je me suis sentie plus gaie et énergique que je ne l'avais été depuis bien des semaines. En outre, avec seulement Peter et Ketchup dans la maison, l'atmosphère était nettement plus plaisante.

– Je ne t'ai pas réveillée, m'a dit Janet quand je suis descendue à la cuisine. J'espère que tu n'es pas fâchée.

– Fâchée ? Non, au contraire, je suis ravie.

Il y a si longtemps que je ne m'étais pas levée après le soleil !

– Tu ne le diras pas à mes parents, n'est-ce pas ? a continué Janet. Ils m'avaient bien recommandé que tu te lèves à sept heures pour faire ton travail scolaire.

Peter, attablé devant une grande assiette de saucisses et d'œufs brouillés, a levé la tête avec agacement.

– Mais bien sûr que non, elle va pas le dire à tes parents, elle est pas idiote ! Et puis, fiche-lui la paix, avec le travail scolaire. Elle peut bien se reposer un peu, non ?

– Oui, oui, bien sûr, tu as raison, s'est excusée Janet en triturant son tablier.

– Regarde-la, elle dépérit depuis qu'elle est ici, cette pauvre petite Froggie, a repris Peter. La conserverie, les devoirs, la conserverie, les devoirs, c'est pas une vie pour une fille de son âge. Elle va tomber malade, si ça continue… Tiens, aujourd'hui qu'il fait beau, elle pourrait aller prendre un peu l'air… Hein, Froggie, qu'est-ce que tu en dis ? Et on n'en parlera à personne, pas vrai, Janet ?

– Tu… tu crois ? a bégayé Ketchup d'un air hésitant.

– Oh oui, s'il te plaît, Janet, me suis-je écriée. J'ai envie de bouger, de respirer…

– Ah non, c'est pas possible, a-t-elle répondu, je suis désolée. Peter, tu sais bien que j'ai promis à Kate de lui garder le bébé aujourd'hui pendant qu'elle et Jimmy vont à Inverness pour l'échographie. Ils vont passer le déposer d'ici une heure.

Peter a souri largement.

– Mais c'est pas un problème, ça, sweetie ! Toi, tu restes ici avec le bébé de Kate, et moi j'emmène Sarah faire un tour.

Il s'est tourné vers moi.

– Une balade sur les falaises, ça te plairait ?

– Beaucoup, j'ai très envie d'aller voir la mer !

– Mais… mais, a fait Ketchup toute décontenancée. Tu… vous… tu peux pas…

– Je peux pas quoi ? l'a coupée Peter. Écoute, sweetie, le soleil, ça ne va pas durer ; tu veux quand même pas la priver de cette sortie, la pauvre petite ? On restera pas trop tard, juste le temps qu'elle respire un coup et qu'elle regarde la mer, puisqu'elle en a envie. T'inquiète pas, je la surveillerai bien. Tu me fais confiance, sweetie, n'est-ce pas ?

– Oui, oui, bien sûr, mais… mais si Jimmy demande où tu es ? a murmuré Janet.

– Ben, tu lui diras que je fais un tour et que la Frenchie est bouclée dans sa chambre à faire ses devoirs, c'est pas compliqué.

– Bon, si tu crois qu'il n'y aura pas de problème…

Peter s'est levé et a planté une grosse bise derrière l'oreille de Janet qui pour le coup a carrément viré au rouge ketchup. Je me suis détournée, un peu gênée : je n'avais pas l'habitude d'être témoin de ce genre de démonstrations.

Dans la voiture, Peter m'a demandé de me coucher sur la banquette arrière, au cas où on croiserait quelqu'un de la Communauté. Je me suis exécutée en riant. Cette escapade était la première chose amusante qui me soit arrivée à Kilmarty et l'idée de tromper la vigilance de Fish and Chips ajoutait à ma satisfaction. Peter me faisait des commentaires :

– On passe devant chez les Mac Kay… tiens voilà la grosse Mary avec sa marmaille… On dépasse la ferme des Logan, c'est la dernière maison rigoriste, on va arriver dans dix minutes à peine.

La voiture a ralenti et s'est mise à cahoter sur un chemin.

– Tu peux te relever, a dit Peter.

La sauvagerie du paysage m'a rendue muette. Pas une maison à l'horizon, une immense étendue d'herbe rase qui s'arrêtait brusquement, et au-delà, la mer. Nous étions sur les falaises. Quand je suis sortie de la voiture, j'ai pris le vent en pleine figure. Il sentait le grand large et semblait charrier de minuscules gouttes de glace ; il s'engouffrait sous mon long manteau et faisait claquer mon fichu. J'ai écarté les bras et je me suis mise face aux rafales. C'était bon d'être là.

– Allez, viens, a dit Peter, on va marcher un peu le long des falaises, et puis on se mettra à l'abri dans une cabane de berger que je connais pour boire une tasse de thé. J'ai emporté une Thermos.

Nous nous sommes rapprochés du bord de la falaise et j'ai voulu aller jusqu'à l'à-pic qui plongeait dans la mer.

– Fais attention, quand même, m'a crié Peter, il s'agit pas de faire le plongeon ! Ça fait pas loin de cent cinquante pieds de haut par endroits.

Mais j'étais fascinée par la vue et je ne crains pas le vertige, alors j'ai avancé jusqu'au bord. À mes pieds s'ouvrait le vide : la paroi verticale plongeait directement dans des giclées d'écume qui venaient s'écraser contre le rocher. Le vent qui soufflait du large se heurtait à ce mur et rebondissait vers le haut, entraînant avec lui un nuage de vapeur qui me couvrait le visage de gouttelettes salées. Sur ma gauche, la ligne irrégulière des falaises découpait une demi-douzaine de pointes qui s'avançaient dans la mer, parfois prolongées par des îlots de rochers noirs cernés d'écume. Sur ma droite, en revanche, la côte s'abaissait progressivement jusqu'à la large baie où était niché le port de Kilmarty.

– Reste pas si près du bord, a crié Peter. Viens, on continue !

Je l'ai suivi sur l'étroit sentier de terre qui longeait la côte, à une dizaine de mètres de l'à-pic. L'herbe semblait avoir été tondue et seules quelques touffes d'ajoncs desséchés se dressaient çà et là sur ce semblant de pelouse. Peter s'est retourné vers moi.

– Fais attention, c'est un peu dangereux ici, reste bien sur le chemin.

En effet, à droite de l'étroit sentier le terrain herbeux s'inclinait à présent en une forte pente qui se terminait par la cassure nette du précipice. Cela a duré une centaine de mètres, puis nous avons bifurqué vers l'intérieur des terres et le toit de la cabane est apparu, dépassant d'un renfoncement de terrain. Peter a débloqué le lourd verrou de bois et poussé la porte. J'ai été surprise en découvrant l'intérieur : ce n'était pas trop délabré, le sol de terre battue était propre et un feu était préparé dans la cheminée sommaire.

– Je viens ici quelquefois, quand j'en ai trop marre de Fish and Chips, a dit Peter. C'est mon refuge secret.

– C'est super ! J'adore. Merci de m'avoir amenée ici, c'est vraiment gentil.

Peter a allumé le feu et étendu devant la cheminée le plaid qu'il avait apporté. On s'est installés devant les flammes qui crépitaient gaiement et on a bu notre thé en bavardant. Peter a avalé en plus de grandes rasades de whisky et a voulu m'en faire goûter, mais j'ai trouvé ça affreusement amer et fort et j'ai refusé de boire, malgré son insistance. Je lui ai dit que je pensais de plus en plus à quitter la Communauté dès que je serais en âge de le faire : je refusais de me laisser marier au premier garçon venu et de mener ensuite une vie repliée sur elle-même.

– Tu as raison, a soupiré Peter, moi je me suis fait piéger. Ketchup est très gentille, mais ce n'est pas du tout la femme qu'il me fallait… Non, moi, c'est une fille comme toi que je pourrais aimer, une fille qui a du caractère et qui ne s'embarrasse pas de stupides interdits. Une fille capable d'agir librement.

Les mots de Peter défilaient bizarrement dans mon cerveau avant de venir s'y engluer, paralysant mes réactions. Je n'aimais pas le tour que prenait la conversation et j'aurais voulu la stopper net. Pourtant je restais sans bouger et sans rien dire, les bras noués autour de mes genoux et les yeux fixés bêtement sur le feu. Mais lorsqu'il a passé un bras autour de mes épaules et a glissé son autre main sur ma poitrine par l'ouverture de mon manteau, j'ai reculé brusquement, prise de dégoût. Il a remis son bras sur mon épaule.

– Eh ben, Froggie, fais pas ta timide, va ! On s'entend bien nous deux, pas vrai ? Et je sais bien que si on t'a envoyée ici, c'est parce que t'es pas une nunuche comme les autres filles de la Communauté… Tu me plais vraiment, tu sais !

Je l'ai repoussé brutalement, mais il me tenait bien.

– Peter, t'es fou, lâche-moi ! T'es marié !

– Mais ce n'est pas un mariage d'amour, c'est toi que je veux aimer, Sarah !

Tout en parlant, il essayait de se serrer contre moi et d'approcher son visage du mien. Il me faisait soudain horreur. Je n'avais pas du tout envie de l'embrasser, il ne me plaisait pas, il était trop vieux, et je n'aimais pas l'espèce de tremblement fébrile qui s'était emparé de lui.

– Arrête, arrête ! ai-je hurlé en détournant la tête pour échapper à sa bouche pâle et à son haleine écœurante qui sentait le whisky.

Il m'a renversée sur le plaid, il avait l'air égaré et furieux.

– Non, mais dis donc, espèce de petite garce, m'a-t-il craché au visage, ça fait deux mois que tu m'allumes, tu acceptes mes avances et maintenant tu fais ta chochotte ? Tu te fous de moi ?

J'ai essayé de garder la tête froide, malgré le désarroi qui me gagnait.

– Peter, on est bons amis, je t'aime bien, mais c'est tout. S'il te plaît, arrête !

Mais il était au-delà du raisonnement. Il a commencé à retrousser ma jupe d'une main, tout en me maintenant de l'autre. Il m'écrasait de son poids et ce corps pesant sur le mien m'était insupportable. Il se débattait avec ma jupe et pour une fois j'ai été vraiment contente qu'elle ne soit pas plus courte. Je n'arrivais pas à le repousser et j'ai commencé à avoir vraiment peur. Je me tortillais tant que je pouvais pour me dégager et il a dû se servir de ses deux mains pour m'immobiliser.

– C'est à cause de ce Benjamin à qui tu as écrit ? C'est ça ? a-t-il crié. Avec lui, tu t'es pas fait prier, j'suis sûr, petite garce ! Mais je te préviens, si tu te montres pas un peu plus gentille avec moi, j'irai tout dire à Fish and Chips, pour les lettres !

Je n'ai rien répondu, je gardais mon énergie pour me défendre. J'ai réussi à arracher un de mes poignets à son emprise et mon bras, dans son élan, a heurté quelque chose par terre… la bouteille Thermos. Je l'ai attrapée à tâtons et l'ai abattue le plus fort que j'ai pu sur la tête de Peter. Je n'ai pas vu l'impact, mais j'ai entendu son cri de douleur. Son étreinte s'est relâchée et j'en ai profité pour me dégager. J'ai couru vers la porte et me suis ruée dehors sans me retourner.

Entre ciel et mer

Le vent et le froid se sont jetés à ma rencontre, faisant battre follement mes jupes et me remplissant les yeux de larmes. Sans marquer de pause, j'ai repris en courant le sentier par lequel nous étions venus, avec l'idée de m'éloigner au plus vite de cette cabane et de rejoindre la route. J'avais la tête confuse, comme si le vent tourbillonnant s'y était engouffré, mêlant images et pensées en un chaos infernal. Est-ce que j'avais tué Peter ? Le souvenir du son qu'avait produit la Thermos en frappant contre son crâne m'a provoqué un haut-le-cœur. Peut-être lui avais-je défoncé la tempe ?... Non, on ne défonce pas la tête de quelqu'un comme ça. De la position allongée où j'étais, je n'avais pas pu mettre beaucoup de force dans mon geste. Il n'était sans doute même pas assommé. Mes jupes et mon long manteau m'empêchaient de courir vite et j'étais à bout de souffle ; après ces deux mois passés sans bouger, j'avais perdu toute résistance. Heureusement, avec sa patte folle, Peter ne devait pas courir bien vite lui non plus. J'ai ralenti un peu ma course, d'autant plus que j'étais arrivée au passage où le chemin longeait la pente qui dévalait vers la falaise. Soudain je me suis sentie tirée en arrière par un pan de mon manteau : Peter m'avait rattrapée ! J'ai fait un brusque écart, en tâchant de lui abandonner mon vêtement, mais le sol s'est dérobé sous mes pieds et j'ai perdu l'équilibre. Au moment même où j'étais entraînée dans les premières culbutes, j'ai réalisé avec horreur ce qui m'arrivait : j'étais en train de rouler sur la pente herbeuse et j'allais être précipitée dans le vide ! J'ai battu l'air de mes bras, pour tenter de m'accrocher au sol. Mais l'herbe rase n'offrait aucune prise et mes mains ont en vain griffé la terre. Brusquement j'ai senti un choc sous mon pied : il venait de buter contre un obstacle et je me suis retrouvée immobilisée à plat ventre dans la pente, la tête heureusement vers le haut. Je suis restée le nez dans l'herbe un temps qui m'a paru très long, sans oser bouger. J'avais peur de lever les yeux et de regarder où j'étais. J'ai fini cependant par m'y résoudre : d'abord je n'ai vu que l'herbe rase qui s'élevait en pente devant moi. Puis, en tournant précautionneusement le cou de côté, j'ai pris la mesure de ma position : j'avais dévalé la presque-totalité du bout de pré pentu et le précipice s'ouvrait à moins d'un mètre de mes pieds. Ce qui avait stoppé ma glissade, c'était une pierre qui dépassait de l'herbe et sur laquelle ma chaussure droite était venue se caler. Était-ce la pointe d'un gros rocher qui émergeait ? Ou juste un caillou à peine enfoncé dans la terre ? Dans le doute, j'ai essayé de ne pas trop peser sur mon pied et de m'accrocher à la pente à l'aide de mes mains. Mais m'accrocher à quoi ? Sous l'herbe humide et glissante, la terre était dure et je ne parvenais pas à y enfoncer mes ongles, malgré mes efforts. Impossible de me hisser, ne serait-ce que d'un centimètre, sur cette surface sans relief, inclinée, me semblait-il, presque à la verticale.

J'ai levé davantage la tête. À dix mètres au-dessus de moi, désespérément hors d'atteinte, j'ai vu le visage terrorisé et sans couleurs de Peter.

– *Help*, ai-je essayé de crier. *Peter, help me !*

Il m'a fixée avec des yeux emplis d'effroi, qui m'ont fait comprendre à quel point j'étais en mauvaise posture. J'ai réalisé avec angoisse que ma seule chance de salut reposait sur lui. J'ai gémi dans sa direction :

– *Peter, please !*

Il m'a crié quelque chose que je n'ai pas compris, car le vent a emporté ses paroles. Mais il semblait furieux. J'ai laissé retomber mon front sur le sol. Quand je l'ai relevé, Peter avait disparu. Était-il parti chercher de l'aide ? Ou m'avait-il abandonnée à mon triste sort ? Dans le second cas, j'étais irrémédiablement perdue. Et dans le premier cas, combien de temps pourrais-je tenir en attendant son retour ? Une grosse vague noire m'a balayé le cerveau : j'allais finir par avoir une crampe, ou me relâcher à force d'épuisement, et alors je glisserais jusqu'au rebord de la falaise... Je me suis vue, accrochée du bout des doigts à l'arête pierreuse, puis mes doigts s'ouvriraient et je serais précipitée dans l'abîme... Là il y avait deux options : ou je me fracasserais sur les rochers, ou je serais engloutie dans l'eau glacée. L'alternative n'était pas terrible...

Je sentais pourtant le calme revenir dans mon esprit. Je devais à tout prix résister à la panique si je voulais avoir une chance de m'en tirer. J'ai commencé à faire des calculs : si Peter était parti chercher du secours, il avait dû mettre environ cinq minutes pour rejoindre la voiture. Je me souvenais qu'à l'aller, il m'avait dit en passant devant la ferme des Logan qu'il nous restait dix minutes de route. Donc, cinq minutes, plus dix minutes, plus le temps d'expliquer et trouver une corde, et ensuite revenir... Les chiffres se brouillaient dans ma tête, je m'y suis reprise à quatre ou cinq fois pour faire ce calcul enfantin. Bon, quarante minutes en gros. Je pouvais tenir, d'autant plus qu'il me semblait être là depuis déjà longtemps.

Mais si Peter ne revenait pas ? Je savais pertinemment que s'il faisait appel aux Logan, la nouvelle de notre escapade se répandrait dès l'assemblée de ce soir dans la Communauté et qu'il aurait de gros ennuis. Même si je gardais le silence sur son comportement dans la cabane, le simple fait de m'avoir entraînée dans cette balade en tête à tête constituait une faute grave que le père de Janet lui ferait sans doute payer très cher. Or Peter était un lâche, je le savais : aurait-il le courage d'affronter la colère de son beau-père ? Il était en plus furieux contre moi, et sûrement très inquiet à l'idée que je pourrais l'accuser de m'avoir agressée : ne serait-il pas plus simple pour lui d'être débarrassé de moi une fois pour toutes ? Je le croyais capable de s'accommoder sans trop de peine de quelques remords.

La panique revenait… Non, non, si on trouvait mon cadavre disloqué au pied des falaises, Janet parlerait, malgré son amour pour Peter, et ça risquerait d'être encore pire pour lui. S'il n'était pas trop bête, il allait revenir me tirer de là. Je devais me concentrer sur ce seul but : tenir ! J'ai tâché d'affermir mon appui contre la pierre. Ma jambe était atrocement crispée et j'avais l'impression que d'un moment à l'autre elle allait se mettre à trembler de façon incontrôlable. Mon corps était raidi par le froid et par l'immobilité forcée et je ne sentais plus mes doigts, agrippés en un réflexe dérisoire contre la terre humide. Devant mon nez, les brins d'herbe formaient une immense savane où devait circuler une vie minuscule. Ah, être une fourmi, me faufiler sans peine entre les tiges et remonter en tricotant des pattes cette pente infernale !

J'aurais dû prier. Sans doute, j'aurais dû prier. Soit pour implorer Dieu de venir à mon aide, soit pour lui demander pardon pour mes péchés et le supplier de m'accueillir malgré tout à sa droite. Mais bizarrement, alors que beaucoup de mécréants, paraît-il, se mettent à croire en Dieu à l'approche de la mort, pour moi il se passait l'inverse. J'avais soudain la nette certitude que, si je faisais le grand saut, il n'y aurait rien de l'autre côté, rien que le néant, pour l'éternité. Et, au lieu de me désespérer, cette idée me donnait une furieuse envie de vivre. Cette vie terrestre, elle était insatisfaisante, difficile souvent, et même pénible, mais s'il n'y avait que ça, combien elle était précieuse ! Comme il fallait en prendre soin, l'apprécier, tâcher de l'embellir ! Peu importe qu'il n'y ait pas de Dieu pour lui donner un sens, il fallait accepter de se passer d'explication et la vivre bravement. Il serait si stupide de la laisser échapper aujourd'hui, par simple lassitude, par découragement ; et il serait tellement dommage ensuite de la gâcher en ne la vivant qu'à moitié, confinée dans le cercle étroit où le destin m'avait placée, sans possibilité d'en sortir jamais. Si je m'en tirais – et j'allais m'en tirer – je ne laisserais plus personne étouffer mon appétit de vivre, je…

Ma jambe droite a été prise d'un tremblement nerveux qui la secouait de plus en plus fort et qui semblait vouloir gagner le reste de mon corps. Je me suis mordu la lèvre de toute mes forces, j'ai rassemblé ce qu'il me restait d'énergie et, dans un brusque sursaut, j'ai dégagé mon pied droit de la pierre et amené le gauche à sa place. Pendant une fraction de seconde, j'ai cru que mon genou allait plier et me faire basculer, mais finalement mon corps s'est rééquilibré, portant à présent son poids sur l'autre jambe. J'avais gagné un peu de répit. Mais pourquoi Peter n'était-il pas encore revenu ? Il devait y avoir au moins deux heures que j'étais là, le nez écrasé sur cette pente. Il allait venir, il ne pouvait pas ne pas venir. J'ai entrepris de respirer lentement et profondément. Inspiration. Expiration. Inspiration. Expiration. Inspir…

Par-dessus le bruit du vent et des vagues qui se brisaient en contrebas, j'ai cru entendre un cri. Je n'ai pas levé la tête tout de suite. Ça n'était peut-être qu'un oiseau. Je ne devais pas me laisser emporter par un espoir précipité.

– Aa…aaah !

« Sarah » ? J'ai redressé péniblement le cou. Je n'y voyais presque rien, ma vision était brouillée, et je me suis rendu compte que je pleurais. J'ai fermé fort mes paupières pour chasser mes larmes : là-haut, plusieurs silhouettes s'agitaient. De grands coups métalliques ont résonné. Que faisaient-ils ? Une des silhouettes criait dans ma direction, mais je ne comprenais plus un seul mot d'anglais. Puis une forme s'est détachée du groupe et a glissé vers moi. J'ai fermé les yeux : quelqu'un d'autre avait perdu l'équilibre, il allait tomber sur moi, m'entraîner dans sa chute… Mais le choc attendu ne s'est pas produit. Quelqu'un se tenait debout à mon côté, miraculeusement en équilibre. C'était John Logan, et sa position n'était pas due à un miracle mais à la corde passée autour de sa taille et qui le reliait au sommet de la pente. Il s'est penché vers moi, une autre corde à la main.

– Tâche de soulever un peu ton ventre, que je puisse glisser ça autour de toi, m'a-t-il dit.

Mais il y avait une éternité que je concentrais toutes mes forces au contraire à maintenir mon corps collé à la terre et à essayer de l'y enfoncer, au point que j'avais l'impression à présent de ne faire plus qu'un avec elle. Les grosses mains de John Logan s'efforçaient en vain de m'en arracher. Ne se rendait-il pas compte que si je me relâchais d'un cheveu, j'allais rouler dans le vide ?

– Voyons, laisse-moi faire, aide-moi un peu. Ça va aller, je vais t'attacher, je te tiens bien, n'aie pas peur. Accroche-toi à ma ceinture si tu peux, a grogné Logan.

Il m'a fallu un effort terrible de volonté pour soulever une de mes mains du sol et saisir la corde qui le ceinturait. Ensuite, tout a été plus facile. De ses doigts habitués à mettre à l'attache son bétail, Logan a solidement noué la deuxième corde autour de moi.

– C'est bon, les gars, allez-y! a-t-il crié en levant la tête.

Puis il s'est à nouveau penché vers moi.

– Ils vont te hisser, prends la corde avec tes mains et tâche de les aider.

Je ne voulais pas enlever mon pied de la pierre. Je ne pouvais pas. Mais une secousse m'en a arrachée et j'ai failli hurler. Cependant au lieu de tomber, je me suis sentie tirée vers le haut. Alors j'ai empoigné la corde de mes mains raidies et j'ai escaladé frénétiquement la pente glissante, perdant souvent pied, mais heureusement retenue par la corde. John Logan remontait à côté de moi à la seule force de ses bras tout en m'encourageant.

On m'a saisie par les aisselles et le sol sous mes pieds a rebasculé en position horizontale. Je me suis laissée tomber à terre. C'était une sensation étrange que de pouvoir s'abandonner ainsi sans crainte à la gravité. J'étais fatiguée, si fatiguée, mais si heureuse aussi, d'une joie sauvage, presque animale. On m'a forcée à avaler une gorgée de whisky qui m'a fait tousser et on m'a remise sur mes pieds. Il y avait là, outre John Logan, deux de ses fils adolescents. Peter se tenait un peu à l'écart, l'air inquiet. Deux piquets de fer, auxquels étaient encore accrochées les cordes, étaient fichés en terre, et la masse qui avait servi à les enfoncer était couchée à côté. J'avais eu de la chance que le fermier se soit trouvé chez lui car ce dispositif sûr était sans doute de son fait : Peter n'aurait pas trouvé ça tout seul. J'ai enfin pensé à remercier mon sauveteur, mais à peine avais-je commencé à m'adresser à lui qu'il m'a interrompue :

– Mieux vaut que tu gardes le silence. Je vais te conduire chez nous, ma femme s'occupera de toi jusqu'au retour des Ramsay. Quant à toi, Peter, a-t-il poursuivi, tu vas aller retrouver ta femme sans tarder et nous passerons te voir tout à l'heure avec Mac Gregor, avant l'assemblée.

Peter m'a jeté un regard en douce, un regard qui se voulait menaçant, mais où j'ai deviné la peur. « Pauvre type », ai-je pensé. Mais je ne lui en voulais même pas. Il était revenu et pour cela beaucoup lui serait pardonné. Du moins par moi. Pour les autres, c'était moins sûr.

En arrivant à la voiture, j'ai constaté qu'il n'était que quatre heures. J'étais restée suspendue entre ciel et terre une grosse demi-heure, pas davantage. J'aurais juré que cela avait duré des heures.

Le retour de l'enfant prodigue

La scène semblait la répétition exacte de celle qui s'était déroulée dans le salon de mes parents deux mois et demi plus tôt : sur le canapé de chintz fleuri de Susan Ramsay étaient alignés Mark Ramsay, John Logan et Mr Mac Gregor, autrement dit le Conseil des Sages de Kilmarty, réuni pour m'interroger. Ou plutôt pour me juger. Nous étions le lendemain de cette fatale promenade, et c'était le jour de Noël, mais l'atmosphère n'était guère à la fête. L'affaire était grave, si grave que Fish and Chips, sitôt prévenus de mon « accident », avaient quitté le sud de l'Angleterre et roulé toute la nuit pour rentrer à Kilmarty. Ils étaient visiblement sous le choc, non pas parce que l'incident avait failli me coûter la vie, mais parce que leur gendre y était mêlé de façon très inconvenante.

Peter avait déjà subi deux interrogatoires, le premier mené par Logan et Mac Gregor après mon sauvetage, et le second qui venait de se terminer. Je l'avais croisé dans le couloir et il m'avait paru très abattu. J'étais presque sûre pourtant qu'il n'avait pas avoué toute l'étendue de sa faute, ni la véritable raison de ma chute ; il était bien trop veule pour ça. De mon côté, j'étais résolue à ne pas le dénoncer, non par compassion pour lui, mais parce que je n'éprouvais aucun désir de vengeance et que je voulais épargner les sentiments de Janet.

Mark Ramsay me regardait d'un air furieux.

– Nous sommes très déçus par ton comportement, Sarah, a-t-il fini par dire après un long silence. Non seulement tu ne t'es pas corrigée, malgré nos efforts pour te ramener sous la loi du Seigneur, mais ta mauvaise influence s'est répandue autour de toi et a corrompu ton entourage.

J'ai cru avoir mal compris.

– Moi, j'ai corrompu mon entourage ? Vous ne parlez pas de Peter, quand même ?

– Ne fais pas l'innocente, a déclaré sombrement Fish, tu sais très bien de quoi je veux parler. Au lieu de te montrer réservée, tu n'as cessé de te conduire de façon provocante, cherchant toutes les occasions d'être en tête à tête avec lui et lui faisant des confidences immodestes. Tout ça pour te servir ensuite de lui : tu lui as fait poster des courriers à des gens extérieurs à la Communauté, ne nie pas, il nous l'a dit.

– Et en plus, a ajouté Mr Mac Gregor en me fixant de ses petits yeux mauvais, tu portes des tenues suggestives, cela peut dévoyer nos frères.

– Mais je suis habillée comme toutes nos sœurs, ai-je protesté, éberluée.

– Non, tes vêtements sont plus près du corps, et tes jupes sont plus courtes !

Si je ne m'étais pas sentie aussi indignée, j'aurais éclaté de rire. « Des tenues suggestives », vraiment ! Il fallait être un vieux pervers comme Mac Gregor pour juger troublants mes pulls informes et mes jupes de grand-mère.

– Tu as abusé de la gentillesse de Peter, a repris Fish, et à force de manigances tu l'as entraîné dans cette promenade insensée. Ton accident…

Je n'aurais pas dû l'interrompre, mais je ne pouvais laisser passer un tel mensonge.

– Ce n'est pas moi qui ai entraîné Peter dans la promenade, c'est lui qui en a eu l'idée. Moi, j'avais rien demandé !

– Tu mens !

– Non, c'est la vérité, vous pouvez demander à Janet, elle était là quand Peter a proposé d'aller faire un tour.

Fish a détourné un instant les yeux avant de déclarer fermement :

– Nous avons interrogé Janet et elle a confirmé que c'est toi qui as supplié Peter de t'emmener prendre l'air. Or, selon la parole de Dieu, « un seul témoin ne pourra se dresser contre un homme, mais sur le dire de deux ou trois témoins l'affaire sera réglée ». Inutile de mentir davantage, tu le vois.

Dire que j'avais été assez bête pour vouloir protéger Peter et épargner les sentiments de Ketchup ! J'étais si énervée et furieuse que je ne trouvais plus mes mots en anglais.

– Je peux vous dire… Je peux vous dire… C'est pas moi qui ai insisté pour aller dans la cabane de berger sur la falaise, en tout cas ! C'est Peter, oui, qui m'a… qui m'a emmenée dans la cabane et… et il a essayé de… il a voulu m'attraper et… et m'embrasser, oui, parfaitement ! Je voulais pas, je l'ai tapé, tapé avec la Thermos, et puis j'ai couru dehors, il a couru après moi et c'est là que…

– Tais-toi, arrête, arrête immédiatement ces odieuses accusations ! a hurlé Fish. Nous refusons de t'écouter !

Il était tout congestionné et son teint avait viré à l'écarlate. Un petit sourire malsain flottait sur les lèvres de Mac Gregor et John Logan regardait dans le vide d'un air gêné. Je me sentais au bord de l'hystérie ; mes nerfs, d'habitude solides, avaient été rudement secoués et j'étais sur le point de craquer. Si j'ouvrais la bouche, j'allais me mettre à pleurer, je le sentais.

– Mark, a dit John Logan d'un ton hésitant,

il faudrait peut-être laisser la jeune fille parler. Il y a déjà eu… heu… des problèmes avec Peter… ce n'est pas la première fois que…

– Peter se confessera ce soir devant l'assemblée, l'a coupé sèchement Fish, il s'est excusé de son imprudence et nous avons décidé de lui accorder notre pardon. Je me charge personnellement de veiller à ce qu'il ne se laisse plus entraîner à l'avenir hors du droit chemin, ne vous inquiétez pas. Quant à cette malheureuse, vous constatez qu'elle ajoute la calomnie et le mensonge à ses autres péchés. Je plains sa famille, ce doit être vraiment affreux d'avoir une fille comme elle. Susan et moi avons sincèrement essayé de la réformer, mais le mal est trop profondément ancré en elle et nous devons renoncer, sous peine de mettre en danger notre Communauté. Veuillez m'excuser, mes frères, d'avoir agi de façon irréfléchie en acceptant parmi nous cette insensée. J'aurais sans doute dû méditer davantage les sages paroles de l'Ecclésiasique : « Reçois chez toi l'étranger, et il t'entraînera dans le désordre. »

Comme notre Tuteur de Saint-Gabin, il avait toujours une citation à asséner pour renforcer son propos. Cependant, derrière son ton assuré, il me semblait percevoir un léger trouble. Apparemment, Peter avait déjà été mêlé à une histoire de ce genre et Fish and Chips devaient savoir à quoi s'en tenir à son égard. J'avais eu maintes fois l'occasion de constater qu'ils ne l'aimaient guère et se méfiaient de lui, et si Mark Ramsay essayait à présent de le disculper en rejetant la faute sur moi, c'était sans doute dans le seul but d'éviter un scandale, et non parce qu'il était convaincu de l'innocence de son gendre.

– Vous allez me renvoyer chez moi ? ai-je demandé, soudain un peu ragaillardie.

– Je crains de n'avoir pas d'autre solution que de te remettre entre les mains de tes parents… et celles du Seigneur, a soupiré Fish. Nous te renverrons en France le plus vite possible ; d'ici là, tu resteras à l'isolement.

Je me suis retenue pour ne pas pousser un cri de victoire. *Bye, bye, Fish and Chips !* Quant à la mesure d'isolement, tant mieux : je n'avais nulle envie de revoir Janet, et encore moins Peter. Peu m'importait à présent de me justifier : au contraire, qu'ils me croient mauvaise au point de me réexpédier chez moi, c'était tout ce que je désirais pour l'instant. Quant à la suite, on verrait bien. Je ne croyais pas que ça puisse être pire que les affreuses semaines que je venais de passer chez les Ramsay. Je suis remontée me claquemurer dans ma chambre avec un immense soulagement.

Cinq jours plus tard, j'étais à Saint-Gabin, après avoir été convoyée depuis l'Écosse par une succession de responsables de la Communauté, avec un luxe de précautions ordinairement réservées aux grands criminels internationaux. Catégorie à laquelle je devais appartenir à leurs yeux, je suppose. Mon retour au pays natal n'a guère été triomphal et ma famille ne m'a pas réservé l'accueil dû à l'enfant prodigue, loin de là. Mes parents étaient consternés par mon renvoi de Kilmarty. Ils n'avaient pas l'air de réaliser que j'avais échappé de peu à une chute mortelle et n'ont manifesté aucune satisfaction particulière de me revoir saine et sauve. Mon retour dans ces conditions scandaleuses les couvrait de honte et semblait leur briser le cœur plutôt que les réjouir.

J'ai tenté de leur expliquer franchement ce qui s'était passé sur la falaise, sans rien leur cacher des agissements de Peter. Je pense qu'ils m'ont crue mais, tout en étant horrifiés par l'attitude du gendre des Ramsay, ils m'ont accablée de reproches : si les choses en étaient arrivées là, c'était de ma faute à n'en pas douter, jamais je n'aurais dû lui donner de fausses idées en parlant avec lui seule à seul… Et comment avais-je pu accepter d'aller me promener avec un homme marié, à l'insu de tous ?

Comme d'habitude, j'étais coupable. Mon père m'a ensuite attaquée sur le chapitre des deux lettres que j'avais envoyées en secret. Il voulait absolument que je lui avoue à qui elles étaient destinées. Quand je lui ai révélé que l'une était adressée à un copain du « monde » et l'autre à sa sœur Brigitte, il est devenu tout pâle.

– Tu ne songes quand même pas à suivre l'exemple de cette malheureuse ? a-t-il demandé d'une voix étranglée.

– Si tu parles de quitter la Communauté, oui, j'y songe, me suis-je écriée. Vous ne comprenez donc pas que je ne supporte plus cette vie, ce… ces règles, cette façon de se couper du reste du monde… J'étouffe !

Ma mère a poussé un petit cri. Elle avait l'air si bouleversée que j'ai senti mon cœur se serrer douloureusement.

– Tu te rends compte, a-t-elle gémi, que si tu quittais la Communauté, nous ne pourrions plus jamais te voir ? Que tu serais séparée pour toujours de nous, de tes frères et sœurs, de tes amis ?

J'ai baissé la tête. Je me rendais compte. La liberté était à ce prix, je le savais. Mais étais-je capable de la payer aussi cher ? Ma tante Brigitte l'avait fait, elle, mais elle avait alors plus de vingt ans, et c'était pour rejoindre l'homme qu'elle aimait. Moi, j'étais seule, et je n'avais que quinze ans. Mon père a semblé lire dans mes pensées.

– Nous devons nous calmer, il n'est pas question de cela pour le moment. Sarah, tu traverses une période difficile, c'est l'adolescence, et tu t'es égarée depuis quelque temps. Mais tu es sous ma responsabilité et je ne peux pas tolérer que tu te comportes de façon aussi insensée. Tu nous couvres de honte vis-à-vis de la Communauté et tu nous places dans une situation très douloureuse. Tu dois te ressaisir, et nous ferons tout pour t'y aider, mais tu dois comprendre d'abord que tu es dans l'erreur. Va dans ta chambre à présent, je te prie.

Et voilà, la discussion se terminait comme d'habitude : « Va dans ta chambre. » Ils étaient décidément incapables d'entendre ce que j'essayais de leur dire. Autant parler à un mur de béton.

Après mes parents, c'est à nouveau le Conseil des Sages qui m'a sermonnée au cours d'une interminable séance. Je n'en pouvais plus de leurs éternelles accusations, mais je n'ai même pas cherché à me défendre. Ils m'ont dit qu'ils allaient me donner une deuxième chance, que j'allais être autorisée à retourner au Centre scolaire, et même aux assemblées, et qu'ils espéraient que je serais sensible à cette mesure de clémence. En fait ils étaient coincés et ne savaient que faire de moi, je le voyais. Mais moi aussi, j'étais coincée. J'ai repensé aux moments terribles que j'avais passés sur la falaise, incapable de bouger, et doutant qu'il y ait un espoir de salut : finalement, ma position actuelle était tout à fait semblable, sauf que je n'étais pas menacée d'une chute fatale, mais d'une vie sans joie et d'un dépérissement à petit feu. C'était pire, en fait.

Cependant, sur la falaise j'avais tenu bon et le salut avait fini par arriver. Il suffisait peut-être de ne pas désespérer et de s'accrocher jusqu'à la délivrance. Mais en attendant, le temps paraissait terriblement long, je le savais.

La situation n'était pourtant pas totalement figée autour de moi. Durant mon absence, des changements étaient survenus, qui avaient passablement modifié l'ordre familial. Pour commencer, Élise était sur le point de quitter la maison. La date de son mariage était fixée au mois de février et j'ai vite compris que si mes parents avaient ainsi précipité le mouvement, c'était dans l'espoir que la célébration serait conclue durant mon exil écossais. Mon retour prématuré contrariait leurs plans et ma sœur craignait visiblement que je commette une nouvelle folie qui risquerait de mettre en péril son mariage. Ma mère m'a fait jurer que je me tiendrais tranquille au moins jusque-là, et m'a informée que le Conseil des Sages avait jugé préférable de me tenir à l'écart de la cérémonie. Ça tombait bien, je n'avais nulle envie d'aller en banlieue parisienne pour y assister. Les mariages de mes deux frères aînés ne m'avaient pas laissé un très bon souvenir : des assemblées interminables, des quantités énormes de nourriture à préparer, des réunions mortellement ennuyeuses entre les deux familles et ces deux jeunes gens qui se connaissaient à peine et que l'on unissait pour la vie sous prétexte que « mieux vaut se marier que brûler », comme le répétait souvent ma mère avec un insupportable sourire entendu. Voilà pour la « fête ». Et après ça, la mariée devait vite se racheter du péché d'être née femme en pondant à la chaîne une ribambelle d'enfants.

Je savais qu'une fois le processus enclenché, nous ne verrions pratiquement plus ma sœur, qui devrait se consacrer désormais à sa nouvelle Communauté et à sa nouvelle famille. Ma mère aussi le savait et elle en éprouvait beaucoup de chagrin, car Élise était à n'en pas douter celle de ses filles qu'elle préférait, la seule qui soit vraiment conforme à ce qu'elle avait espéré, un modèle de fille rigoriste qui faisait sa fierté, tandis que moi j'étais la brebis galeuse et que ma petite sœur vivait dans un monde à part qui la déroutait.

L'autre changement concernait Nicolas. En deux mois, le garçon faussement docile était devenu un adolescent buté et hostile. Cette évolution soudaine avait sans doute été déclenchée par mon départ, mais aussi par une grosse crise que mon père s'était bien gardé de mentionner dans les brèves lettres qu'il m'avait expédiées. En fait mon frère avait fini par se faire surprendre lors d'une de ses escapades chez Sélim et pour une fois mes parents avaient dissimulé cette grave faute au Tuteur, de peur de se retrouver condamnés à « l'isolement » et de faire annuler le mariage d'Élise. Ce secret honteux leur pesait et les rendait particulièrement irritables et sévères envers mon frère et moi. Quant à Nicolas, les interminables sermons qu'il avait dû subir de la part de notre père et l'interdiction formelle de revoir Sélim qui lui avait été signifiée n'avaient eu d'autre effet sur lui que de révéler au grand jour l'esprit de rébellion qu'il avait jusque-là soigneusement dissimulé. Au moindre prétexte, il se dressait dorénavant contre notre père comme un jeune coq et aucune menace ni punition ne semblait l'atteindre. J'étais sidérée par la métamorphose de mon petit frère et, je dois le dire, assez admirative devant son audace. J'avais en tout cas gagné un allié déclaré, et cela me réconfortait de savoir qu'il partageait ma révolte. Chaque fois que nous pouvions nous isoler, nous parlions de notre mal-être, de notre désir d'échapper au carcan qui nous étouffait et échafaudions des plans pour l'avenir, un avenir que nous envisagions forcément « ailleurs ».

Réunions de famille

Le 17 janvier, j'ai eu quinze ans. Sans gâteau, sans bougies, sans cadeau. Si on ne fêtait pas l'anniversaire de Jésus lui-même, il va de soi qu'on ne fêtait pas non plus celui des simples mortels. L'atmosphère était de plus en plus tendue à la maison, entre l'effervescence d'Élise qui nous assommait avec ses préparatifs, la gaieté forcée de ma mère et les sombres ruminations de mon père, qui gardait en permanence un œil inquiet sur Nicolas et moi. Nous étions au cœur de l'hiver. Je n'en pouvais plus de me tenir là, immobile et glacée, dans l'attente d'un improbable secours. Je me sentais glisser, glisser, vers un abîme de désespoir qui s'ouvrait sous mes pieds. À quel rocher me retenir ?

Et puis un samedi, deux semaines avant la date prévue pour le mariage d'Élise, on a sonné à la porte alors que nous allions nous mettre à table pour le déjeuner. Ma mère est allée ouvrir et je l'ai entendue pousser un cri de surprise, puis protester vivement. Mon père a repoussé sa chaise.

– Hélène, qu'est-ce qui se passe ?

Il avait à peine fini de poser sa question qu'une femme a fait irruption dans la salle à manger. Elle avait une quarantaine d'années et nous examinait d'un air décidé. Nous étions pétrifiés : c'était la première fois qu'une personne étrangère à la Communauté mettait les pieds chez nous.

– Que… comment oses-tu venir chez moi ? a crié mon père en se levant d'un bond.

Alors j'ai reconnu ma tante Brigitte.

– Je… je n'ai pas pu l'arrêter, a gémi ma mère.

Mes frère et sœurs avaient l'air abasourdi face à cette intruse.

– Je suis votre tante Brigitte, la sœur de votre père, a-t-elle déclaré posément.

Puis elle s'est avancée vers moi.

– Je suppose que tu es Sarah, j'ai bien reçu ta lettre et j'ai voulu te répondre, mais j'ai appris par le Centre scolaire que tu étais revenue à Saint-Gabin, alors j'ai décidé…

– Je ne te permets pas, l'a interrompue mon père en s'étouffant à moitié de colère, je ne te permets pas de venir ici t'adresser à mes enfants. Tu as été exclue, tu n'as rien à faire sous mon toit, je te demande de partir d'ici immédiatement.

Le visage de ma tante s'est contracté douloureusement.

– Écoute, Jean-Michel, il y a plus de vingt ans qu'on ne s'est pas vus, mais quoi que tu en penses tu es toujours mon frère, et ces enfants sont mes neveux… Tu as donc tellement peur de moi ? De quoi as-tu peur ?

– Je ne peux plus avoir de relations avec toi ; tu as quitté la Communauté, c'était ton choix. Si tu veux renouer le contact avec la famille, tu dois revenir dans notre Église, et je t'accueillerai alors avec joie. En attendant, sors de cette maison !

Mais moi, je ne voulais pas qu'elle s'en aille ! Je me suis approchée vivement.

– Merci d'être venue, tante Brigitte. Ça me fait vraiment plaisir de te rencontrer, ai-je dit sans regarder mon père.

– Sarah, monte immédiatement dans ta chambre, a-t-il crié, et les autres aussi !

Élise a pris Béatrice par la main et l'a menée hors de la pièce. J'ai regardé Nicolas. Je n'ai pas bougé, et lui non plus. Ma tante a secoué tristement la tête.

– Jean-Michel, sois raisonnable. Tu ne pourras pas garder indéfiniment cette petite en cage. Papa a essayé avec moi, et tu as vu le résultat… C'est tellement absurde ! Je sais par Suzanne que papa va mal, et je ne peux même pas aller le voir. C'est cruel, c'est inhumain !

– Mais c'est ta faute, a rétorqué mon père. C'est toi qui as poussé la Communauté à t'exclure et maintenant tu te plains que c'est cruel… alors n'essaie pas d'entraîner ma fille à suivre ton déplorable exemple !

– Je ne regrette pas ce que j'ai fait, au contraire ! Ma vie serait devenue un enfer si j'étais restée et je suis infiniment reconnaissante à mon mari de m'avoir aidée à sortir de là. C'est juste que je ne peux pas comprendre que vous soyez intolérants au point de rejeter définitivement votre propre famille !… Toi, si ta fille décide de partir un jour, tu auras le cœur de ne plus la revoir, comme nos parents l'ont fait avec moi ?

J'ai observé anxieusement mon père : qu'allait-il répondre à ça ? Mais il s'est contenté de répéter :

– Brigitte, sors de chez moi. Je ne peux pas et je ne veux pas discuter avec toi. Ma fille est sous ma responsabilité, tu n'as pas à te mêler de notre vie, je te le défends ! Pars maintenant, ne m'oblige pas à…

– À quoi ? À appeler la police ? Vas-y, ne te gêne pas !

La réplique a coupé le sifflet à mon père. Ma tante s'est à nouveau tournée vers moi.

– Si les choses deviennent trop difficiles, tu peux compter sur moi, je t'aiderai. N'hésite pas à me contacter, tu connais mon adresse à présent, n'est-ce pas ? Je ne te laisserai pas tomber, je te le promets, je sais trop bien ce que…

Mon père l'a empoignée par le bras.

– Sors de chez moi !

– C'est bon, inutile de me bousculer… Et au fait, les enfants, vous avez deux cousines, des jumelles de vingt et un ans, Juliette et Jeanne, qui ont très envie de vous connaître !

Ma mère s'est interposée entre ma tante et moi, comme pour stopper la communication, et mon père a entraîné sa sœur dehors. Sans attendre qu'il revienne, Nicolas et moi sommes allés nous réfugier dans ma chambre pour nous préparer à l'inévitable sermon qui allait suivre.

Le premier effet de cette visite a été de renforcer terriblement la surveillance envers Nicolas et moi. Nous ne pouvions plus faire un pas sans être accompagnés et on nous empêchait au maximum de nous retrouver en tête à tête. Le Tuteur et le Conseil des Sages sont venus plusieurs fois se poser sur le canapé du salon pour nous soumettre à des interrogatoires et se plonger dans de longs conciliabules avec notre père. Ma mère avait perdu son entrain habituel, tant elle était inquiète à l'idée que les histoires qui agitaient notre famille depuis des mois ne finissent par empêcher le mariage d'Élise.

– Dieu a voulu nous envoyer ces épreuves, soupirait-elle en me regardant, nous devons les accepter.

Je me raidissais en l'entendant : si j'étais pour elle une « épreuve », qu'elle me laisse partir ! Mais ce n'était pas aussi simple, et je le savais bien.

Moi-même j'étais rongée de doutes affreux depuis la brève entrevue avec ma tante. J'avais beau ne plus supporter la vie dans la Communauté et désirer de toutes mes forces aller à la découverte du « monde », l'idée de me couper à jamais de mes parents et de mes frères et sœurs m'était insupportable. Si seulement mes parents pouvaient se rendre compte combien l'existence qu'ils nous faisaient mener était asséchante ! Au lieu de nous apprendre la générosité, la tolérance, la curiosité, ils nous avaient élevés dans la méfiance, le repli et les interdits. Si le Dieu au nom duquel ils agissaient existait vraiment, je n'étais pas sûre qu'il approuverait notre mode de vie ; à ma connaissance, quand il avait dit « Aimez-vous les uns les autres », il n'avait pas précisé « sauf ceux qui n'appartiennent pas à la Communauté ». Évidemment, le « monde » était loin d'être parfait, il était dominé par le profit, la satisfaction égoïste des plaisirs, l'ambition, et trop souvent ravagé par l'injustice et la violence. Mais vivre dans une bulle pour se protéger de tout ça n'était pas une solution, il valait mieux se battre pour tâcher d'améliorer un peu les choses.

J'ai essayé d'en discuter avec mes parents, mais je me suis heurtée à un mur. Mon père s'est indigné :

– Comment peux-tu mettre en doute la parole de Dieu et les enseignements de la Bible, toi qui as eu la chance d'être élevée dans la Vérité ? Tu veux donc compromettre ton salut ?

– Papa, tu penses vraiment que seuls les chrétiens rigoristes, parmi les milliards d'humains qui vivent sur Terre, auront droit au salut ? Tous les autres seront damnés ? C'est ce que tu penses ?

– Ce n'est pas à nous d'en décider. Suis donc avec humilité les Saintes Écritures, au lieu de les questionner !

– Nous prions pour toi, a soupiré ma mère. Puisse Dieu éteindre cet esprit mauvais qui souffle en toi !

Mais aucune prière ne pourrait faire taire mes doutes et mes questionnements, ni m'amener à reprendre de bon gré ma place au sein de la Communauté. Me faudrait-il mentir et me contraindre toute ma vie ? Ou m'arracher à ma famille ? Les deux perspectives étaient terriblement angoissantes. J'ai commencé à ne plus pouvoir dormir la nuit. Je voyais défiler les heures : minuit, deux, trois, cinq, et je n'avais toujours pas fermé l'œil. Quand je réussissais à m'endormir, j'étais hantée de cauchemars : le plus souvent, je revivais la scène de la falaise, et je finissais toujours par tomber dans le vide. Je me réveillais le cœur battant, plus fatiguée encore que si je n'avais pas dormi. Au Centre scolaire, j'avais du mal à suivre les cours et je me retrouvais très isolée car les autres m'évitaient, y compris

Floriane. Je me suis mise à accomplir les gestes de la vie quotidienne dans un état second. Mon entourage ne semblait rien remarquer, alors que je me sentais en permanence sur le point de me défaire ; ma voix résonnait dans ma tête comme dans une caverne vide lorsque je parlais et je devais faire de gros efforts pour garder le contrôle de mes mouvements.

Mes parents sont partis pour la région parisienne assister au mariage d'Élise. Nicolas et Béatrice les ont accompagnés, ainsi que mes deux frères aînés et leurs familles. Moi, je n'étais pas invitée. Ma mère devait me conduire chez les Leroy pour que j'y passe le week-end en attendant leur retour. Élise m'a serrée dans ses bras au moment des adieux.

– Oh, Sarah, j'espère vraiment que tu redeviendras raisonnable et que tu connaîtras un jour le même bonheur que moi, m'a-t-elle chuchoté à l'oreille.

J'étais entre ses bras comme une poupée sans réaction. « Plutôt crever », voilà ce qui m'a traversé l'esprit. Mais dès qu'elle m'a lâchée, un énorme sanglot m'est remonté dans la gorge. Je me suis engouffrée dans la voiture et, en arrivant chez les Leroy, je me suis enfermée dans la chambre de Floriane. J'ai pleuré pendant une heure et ça m'a fait du bien : la pression énorme qui m'étouffait a paru se relâcher un peu. Personne n'est venu me déranger jusqu'au moment du dîner, où j'ai rejoint la famille Leroy autour de la grande table. Un lourd silence s'est installé. Je sentais que ma présence les gênait. Les petits frères de Floriane me jetaient des regards à la dérobée, comme si j'étais une bête curieuse – et un peu dangereuse. Quels ragots avaient dû circuler sur moi au sein de la Communauté ? Même Floriane s'adressait à moi d'un ton contraint et j'ai bien vu qu'elle évitait de se retrouver seule avec moi.

Quand un peu plus tard nous avons débarqué sur le parking de l'église pour assister à l'assemblée, je suis devenue aussitôt le point de mire et l'objet de commentaires plus ou moins discrets, pour le plus grand embarras des Leroy. Moi, ça m'était égal. C'était comme ça tous les jours depuis que j'étais rentrée d'Écosse et je ne prêtais même plus attention à l'hostilité générale que suscitait ma présence. J'avais le sentiment de ne plus appartenir au groupe et c'était à la fois un soulagement et une angoisse. Le Tuteur s'est approché de moi.

– Quel dommage que ta mauvaise conduite t'ait empêchée de te joindre à la célébration du mariage de ta sœur, m'a-t-il dit d'un ton faussement désolé. Tu pousses ta propre famille à te tenir à l'écart et si tu persistes dans tes égarements nous serons obligés de les punir d'isolement à cause de toi. Tu devrais y réfléchir avant d'attirer un tel châtiment sur toi et les tiens… Tu es une fille intelligente, je crois, alors tu dois comprendre qu'il n'est dans l'intérêt de personne d'en arriver là.

Cet homme me faisait horreur, avec ses menaces et son désir évident de maintenir la Communauté sous sa coupe. Je me suis contentée de tirailler mes tresses sans répondre. C'était un tic anodin, un geste machinal que j'avais fait des centaines, des milliers de fois pour canaliser mon énervement. Et c'est pourtant ce simple geste qui a tout déclenché.

– Tu n'as jamais rien fait comme tout le monde, a repris le Tuteur en fixant soudain mes cheveux. Tu t'obstines à te faire des nattes, alors que tu sais très bien qu'il est écrit : « Les femmes se parent non de tresses, ni d'or... » Je ne comprends pas que ta mère t'autorise à te coiffer ainsi, surtout pour assister à l'assemblée. Tu vas me défaire ça tout de suite, comme une preuve de ta volonté d'obéissance... Allons, vas-y, j'attends !

Les têtes s'étaient tournées vers nous, j'étais entourée de regards curieux, de sourires mauvais. Madeleine Thérot, la fille du Tuteur, me toisait d'un air méprisant, l'air de dire : « Tu as fini de faire ta maligne. » J'ai planté mes yeux dans ceux du Tuteur, j'ai porté la main vers mes cheveux et j'ai arraché mon fichu, avant de le lui jeter à la figure. Puis j'ai fait volte-face et, bousculant ceux qui se trouvaient sur mon passage, je me suis mise à courir éperdument, tandis qu'un brouhaha d'exclamations surprises et indignées s'élevait derrière moi.

Je ne suis pas allée très loin. Le père de Floriane m'a rattrapée cent mètres après le parking. J'étais tellement à bout de nerfs que j'étais secouée de tremblements et que j'ai soudain vomi mon repas sur la route. Les Leroy m'ont ramenée chez eux et j'ai passé le reste du temps au lit, en attendant le retour de mes parents. Deux jours seule, allongée dans le noir. Ça m'a donné le temps de réfléchir.

Le choix

Quand mes parents sont rentrés du mariage d'Élise et ont appris ce dernier scandale, leur réaction a été violente. On frappe rarement les enfants, dans la Communauté, et mon père n'avait jamais levé la main sur aucun de nous, car ce n'était pas dans sa nature d'être brutal. J'ai pourtant bien cru qu'il allait me gifler. Mais j'avais prévu leur colère et préparé mon discours :

– Papa, maman, je suis désolée de vous avoir déçus et fâchés, mais je ne peux pas continuer comme ça, vous devez le comprendre. Je ne veux plus aller aux assemblées, je ne veux plus porter de fichu, ni qu'on m'empêche de lire ou d'avoir des amis en dehors de la Communauté. Je sais que si je reste ici, c'est impossible, alors j'aimerais aller en pension, ou chez tante Brigitte, si jamais elle voulait bien de moi.

Mon père a changé de visage.

– Tu... tu veux donc te faire l'ennemie de Dieu ? a-t-il articulé d'un air horrifié.

– Papa, ce n'est pas à toi de décréter qui est l'ami de Dieu ou pas, il y a des tas d'autres croyants sincères sur Terre, en dehors de la Communauté, arrête de croire que vous seuls détenez la vérité. C'est vraiment beaucoup d'orgueil... Et puis de toute façon je ne suis même plus sûre de croire en Dieu.

Ma mère a poussé un gémissement et j'ai cru voir mon père vaciller. Je n'avais pas prévu de leur parler aussi franchement, mais je sentais à présent qu'il fallait tout leur dire.

– Je n'en peux plus de faire semblant, ai-je poursuivi. À quoi bon m'obliger à rester ? Dès que j'aurai dix-huit ans, je partirai. Et si vous ne voulez pas me laisser partir avant, je referai des fugues.

– Mais tu ne peux pas nous abandonner ! s'est écriée ma mère. Nous ne pourrons plus jamais te voir, si nous te laissons quitter la Communauté !

Je me suis mordu la lèvre : je venais d'être touchée là où ça faisait mal.

– Je sais, ai-je dit sourdement, mais ça, ça dépend de vous, de ne plus me voir ou de continuer à le faire.

Mon père a repris la parole :

– Nous n'avons pas le choix, et tu le sais bien !

– On a toujours le choix ! ai-je crié.

– Le Conseil des Sages va t'exclure, si tu t'obstines, et nous devrons couper les liens avec toi. Il est hors de question que je te laisse te conduire d'une façon aussi insensée. Monte dans ta chambre.

J'ai soupiré, vaincue.

Dès le lendemain, le Conseil des Sages a débarqué chez nous. Ils se sont d'abord enfermés avec mon père pendant plus de deux heures, puis on m'a fait descendre. Je me suis présentée à eux nu-tête, et avec mes tresses. Ils m'ont expliqué que si je persistais à ne pas me plier aux règles, j'allais les obliger à m'exclure. Mais, puisque j'étais mineure et ne pouvais donc quitter la maison pour vivre de façon indépendante, toute ma famille serait par la force des choses exclue avec moi.

– « Mieux vaut mourir sans enfants qu'avoir des enfants impies », a conclu le vieux Parchamp. L'Ecclésiastique, XVI.

J'ai commencé à avoir un fol espoir : voilà la solution, que nous soyons tous exclus, que nous recommencions ensemble une vie nouvelle, loin de la Communauté ! Mais j'aurais dû savoir que ça n'était pas vraiment envisageable.

Quand ils sont partis, ma mère s'est effondrée.

– Sarah, qu'as-tu fait ? Ils vont nous exclure… Je ne le supporterai pas ! Tu ne peux pas nous faire ça ! Tu vas détruire notre famille !

J'avais la gorge nouée, mais j'ai réussi à dire :

– Appelez tante Brigitte. Si elle veut bien m'accueillir, je vais partir d'ici et vous n'aurez pas à être exclus.

Mon père m'a regardée avec tristesse. J'ai espéré qu'il allait dire : « Non, on ne peut pas se séparer de toi. Quoi qu'il arrive, nous ferons face ensemble. »

– Monte dans ta chambre, a-t-il soupiré.

Bien sûr. Il y avait Dieu et la Communauté d'un côté, et moi de l'autre. Je ne faisais pas le poids, c'était clair.

Je me suis réveillée le cœur lourd. Ma belle détermination semblait s'être évaporée durant la nuit et la perspective de quitter ma famille, sans doute pour toujours, me paraissait impossible à affronter. Je n'avais que quinze ans, c'était une décision trop lourde pour moi. Et puis je ne connaissais pas tante Brigitte, comment être sûre que je ne serais pas encore plus malheureuse chez elle ?… Si du moins elle acceptait de s'occuper de moi. Elle m'avait certes promis son aide, mais cela n'allait sans doute pas dans son esprit jusqu'à me prendre en charge pendant plusieurs années. Sinon, ce serait la pension, et une pension peu reluisante, car mes parents n'avaient guère d'argent de reste, avec ce qu'ils versaient déjà chaque mois à la Communauté. L'idée de la pension me faisait peur, je l'avoue.

J'en étais là de mes pensées quand la bouille ronde de mon frère est apparue à la porte de ma chambre. Il avait l'air inhabituellement grave.

– Sarah, m'a-t-il dit en s'asseyant sur mon lit. J'ai réfléchi à un truc : si tu pars, je pars avec toi.

La surprise m'a laissée sans voix, puis j'ai fini par dire :

– Toi, tu as encore écouté en douce aux portes !

Je ne savais pas si je devais me réjouir ou m'inquiéter de cette annonce. D'un côté l'idée que nous pourrions partir ensemble était terriblement réconfortante, mais d'un autre côté cela risquait de compliquer les choses : j'arriverais peut-être à convaincre mes parents de me laisser quitter la maison et à trouver de l'aide auprès de tante Brigitte, mais si nous étions deux ? Mon frère m'a jeté un regard enthousiaste.

– Ça serait super, non, de se tirer ensemble ?

Il ne se rendait pas compte. Il était trop jeune.

– Tu quitterais papa et maman pour toujours ? Tu irais vivre en pension ?

Il a paru un peu ébranlé.

– Ben, on pourrait quand même les voir de temps en temps, non ?

– Je sais pas, ai-je soupiré. Je crois que si on est exclus de la Communauté, le Conseil des Sages voudra plus qu'ils nous voient.

– Mais… tu vas partir quand même, toi ?

– Je sais pas, je sais plus… J'en peux plus de la Communauté, mais…

Mon frère m'a prise par l'épaule.

– Écoute, Sarah, si tu pars, je pars. Je reste pas ici sans toi !

Je lui ai lancé une bourrade en souriant.

– Bon, je vais écrire à tante Brigitte. T'inquiète pas, on va trouver une solution.

– Mais je m'inquiète pas, a dit Nicolas.

J'avais vraiment un drôle de frère.

Les semaines qui ont suivi ont été affreuses. Je ne portais plus mon foulard, même en dehors de la maison, malgré les remontrances et les punitions de mes parents. Les répétiteurs du Centre scolaire, eux, ne me faisaient pas de remarques : ils avaient l'air plutôt embêtés. J'ai refusé d'aller aux assemblées, et Nicolas aussi. Sans lui je n'aurais, je crois, pas eu le courage de tenir tête à mon père, mais à deux nous étions plus forts. Lui et moi prenions désormais nos repas à part, car le Conseil des Sages avait décrété que mes parents et Béatrice ne pouvaient plus « rompre le pain » avec nous. Le Tuteur ne cessait de nous rendre visite, souvent accompagné d'autres « Sages », et c'était alors d'interminables discussions, où mon père se faisait accuser de faiblesse à notre égard.

– Tu dois reprendre le contrôle sur ta famille,

disait sévèrement le Tuteur. Tu ne peux laisser le mal s'installer ainsi sous ton toit.

Finalement, ils ont pris une mesure d'« isolement » visant l'ensemble de la maisonnée. Mes parents étaient effondrés : ils se retrouvaient coupés du reste de la Communauté, et comme la Communauté était toute leur vie…

Pour mon frère et moi, qui étions cause de ce terrible malheur, la situation est devenue intenable, d'autant plus que le Tuteur nous harcelait tous les deux ou trois jours pour tenter de nous faire céder, nous accusant d'être de mauvais enfants, égoïstes et pervertis. Mais nous ne pouvions plus revenir en arrière. Nicolas semblait même poussé à agir de façon de plus en plus provocatrice : il a réussi à se procurer une miniradio grâce à Sélim, et il passait des heures dans sa chambre, les écouteurs vissés dans les oreilles. Je la lui empruntais aussi souvent qu'il le voulait bien et j'occupais alors une partie de ma nuit à savourer toutes sortes de musiques ou à suivre d'étranges débats, parfois très savants et parfois très grossiers. J'avais l'impression, tandis que je m'étouffais à moitié sous mes couvertures, de voir s'ouvrir devant moi des mondes immenses, pas toujours intéressants, inquiétants parfois, mais toujours intrigants.

Nous continuions à fréquenter le Centre scolaire, mais nos « camarades » n'étaient plus autorisés à nous adresser la parole, alors nous restions ensemble, mon frère et moi, faisant bloc au milieu de cette hostilité. Nous espérions chaque jour un signe de vie de notre tante, en réponse à l'appel à l'aide que j'avais réussi à lui poster pendant que j'accompagnais ma mère au marché, mais rien ne venait. Je n'avais plus aucun contact avec le monde extérieur, car mes parents surveillaient mes allées et venues, réduites au trajet maison-Centre scolaire. Plus question même d'aller chez les Leroy, puisque nous étions condamnés à « l'isolement ». Depuis près de trois mois que j'étais rentrée d'Écosse, je n'avais revu ni Mme Castellane, ni Manon, ni Benjamin, mais à plusieurs reprises, en passant en voiture devant chez les Derval, j'avais aperçu Olivier. Il n'avait jamais paru me reconnaître.

Comme nous n'étions plus autorisés à assister aux assemblées, nous passions nos soirées et nos dimanches à la maison et, tandis que mes parents et Béatrice tâchaient de consacrer le temps habituel aux prières, Nicolas et moi restions dans nos chambres. Nous avions compris que nous pouvions refuser d'obéir : personne ne pouvait nous forcer à prier. Mon père aussi l'avait compris. Il avait perdu son autorité morale sur nous et il n'était pas homme à s'imposer par la force physique. Aussi avait-il baissé les bras. Face à notre détermination, son désarroi me faisait presque pitié. Ma mère, elle, réagissait plus violemment : des cris, elle était passée aux supplications, puis, voyant qu'elle n'aboutissait à rien, elle s'était murée dans un silence brutal. J'avais parfois le sentiment qu'elle me haïssait.

Un dimanche de début mars, j'étais à la fenêtre de ma chambre, le nez collé à la vitre, surveillant le pâle soleil de fin d'hiver. À l'étage au-dessous, mes parents et ma sœur chantaient un cantique et Nicolas, allongé sur mon lit, écoutait sa radio. J'observais le va-et-vient d'un couple de mésanges occupées à aménager le nichoir dans le cerisier du voisin lorsque j'ai remarqué un cycliste qui s'arrêtait devant chez nous. Il a levé la tête vers notre maison : c'était Benjamin. J'ai ouvert la fenêtre et j'ai fait de grands gestes dans sa direction, mais je n'osais pas l'interpeller de peur d'alerter mes parents.

– Ça va ? a-t-il articulé silencieusement.

J'ai secoué la main pour dire « couci-couça ». Il m'a fait signe de descendre, mais c'était impossible. Après ma fugue, mon père avait changé le bûcher de place et je ne pouvais plus passer par la fenêtre, sous peine de me rompre le cou. J'ai saisi l'ardoise blanche de Béatrice sur le bureau et j'ai écrit en gros au marqueur *Merci*, puis *pour* et *les lettres*. Il a haussé les épaules en souriant et, après une hésitation, a sorti de son sac un bout de papier sur lequel il a griffonné quelque chose, avant de me montrer qu'il le plaçait dans la haie à côté du portail. Puis il m'a fait un geste d'adieu.

– C'est qui ? a demandé Nicolas qui s'était approché, intrigué par mon manège.

– C'est Benjamin, celui qui a trouvé l'adresse de tante Brigitte et me l'a fait passer quand j'étais en Écosse.

– T'es amoureuse de lui ?

– N'importe quoi !

Non, moi j'étais amoureuse d'Olivier. Enfin, il me semblait.

– Il a l'air sympa. Il est peut-être amoureux de toi, lui. Il vient sous ta fenêtre, c'est romantique...

– T'es trop bête ! Il veut juste nous aider.

Mon frère a ricané d'un air idiot. Ce qu'il pouvait m'énerver, par moments !

En allant étendre le linge, j'ai fait un détour du côté du portail et j'ai récupéré le message de Ben.

J'ai appelé ta tante pour avoir de tes nouvelles. Elle m'a dit qu'elle s'occupait de ton problème. J'espère que ça va pour toi et que bientôt ça s'arrangera. Bon courage.

Ça n'était pas vraiment un mot d'amour, mais vu qu'il n'était pas question de ça entre moi et Ben, je n'avais pas à être déçue. Je l'étais pourtant quand même un peu.

Il faut qu'une porte soit ouverte ou fermée

Le week-end suivant l'apparition de Ben, tante Brigitte est revenue à la maison, accompagnée cette fois de Stéphane, son mari, un petit homme à l'air jovial. Mon père ne voulait pas les laisser entrer, mais quand ils ont parlé de faire appel à un juge, il a fini par leur ouvrir la porte. Nous nous sommes tous retrouvés au salon, raidis sur nos sièges.

– Jean-Michel, Hélène, a commencé ma tante, je ne viens pas en ennemie, inutile de me regarder ainsi. Je suis là parce que vos enfants ont fait appel à moi ; je veux les aider, si je peux, à sortir de cette situation douloureuse pour eux, et pour vous. Il faut vous rendre à l'évidence : Sarah et Nicolas rejettent l'éducation que vous leur imposez… que la Communauté leur impose. Vous ne pourrez pas les obliger indéfiniment à subir des lois dont ils ne veulent plus. Dans trois ans, Sarah sera majeure et elle vous quittera, comme j'ai quitté nos parents ; ça m'a brisé le cœur, mais je n'avais pas d'autre choix.

– Mais ça n'a rien à voir, a protesté mon père, tu avais vingt ans, et tu es partie pour suivre un homme…

Il a jeté un regard noir au pauvre Stéphane avant de continuer :

– Sarah et Nicolas sont encore des enfants, ils traversent une période de doute, c'est un peu normal, c'est l'adolescence, mais ils vont revenir bientôt à la raison avec notre aide et celle de la Communauté.

– Non, Jean-Michel, a repris doucement ma tante, ils ne reviendront pas en arrière, crois-moi, je suis passée par là. Leur regard a changé : ce qui est pour toi une communauté privilégiée, ils le vivent comme une prison, ce que tu penses être la seule façon de vivre selon Dieu, ils le ressentent comme un tas de contraintes absurdes. Quand l'esprit critique s'est éveillé, on ne le rendort pas si facilement.

J'ai éprouvé un élan de reconnaissance envers ma tante : elle venait de mettre les mots exacts sur ma situation. Elle a poursuivi, d'une voix calme :

– Ta fille a déjà fait une fugue ; si tu l'obliges à rester, elle recommencera. C'est ce que tu veux ? Qu'elle se mette en danger ?

– Non, elle ne recommencera pas, je la surveille.

– Tu ne peux pas l'attacher, tout de même ! Écoute, nous sommes allés voir le juge des enfants pour lui exposer la situation. Il m'a dit que je suis en droit d'exiger d'avoir une relation avec mes neveux et nièces. Et qu'eux-mêmes sont assez grands, à treize et quinze ans, pour demander à être placés hors du milieu familial. Vu les conditions de vie très particulières au sein de la Communauté, il est quasi certain que la justice leur accordera ce droit. Ils pourraient alors être confiés soit à un service éducatif spécialisé, soit à un membre de la famille prêt à les accueillir. Moi, par exemple.

Je n'avais pas clairement saisi, sauf la fin.

– Tu veux dire que… tu voudrais bien t'occuper de nous ? me suis-je écriée.

– Non, vous n'allez pas me voler mes enfants ! a soudain hurlé ma mère. Sortez d'ici, tout de suite, ou je…

Elle semblait prête à arracher les yeux à sa belle-sœur. J'ai senti une brusque envie de pleurer. Ma tante a pâli, mais elle a néanmoins repris la parole :

– Hélène, vous savez que si vos enfants persistent dans leur attitude rebelle, vous allez finir par être tous exclus. Si Jean-Michel et vous êtes prêts à accepter cette exclusion pour suivre vos enfants hors de la Communauté, c'est ce qui pourra arriver de mieux à votre famille… c'est ce que je vous souhaite… c'est si cruel de briser les liens… Et dans ce cas, nous vous aiderons, vous pouvez…

– Non seulement vous cherchez à détourner nos enfants de la Vérité, mais vous voudriez nous entraîner avec eux, a crié rageusement ma mère. Allez-vous-en, sorcière, c'est le Diable qui vous inspire !

Je me suis avancée vers elle pour essayer de la calmer. Son visage était presque déformé par le chagrin et la colère.

– Maman, personne ne cherche à nous entraîner. C'est moi qui ai demandé à tante Brigitte de m'aider à quitter la Communauté… parce que c'est la Communauté qu'on veut quitter, pas vous !

Ma mère s'est laissée tomber dans un fauteuil, l'air égaré. Ma tante semblait presque aussi bouleversée. Je les regardais tour à tour, et je me sentais submergée par un chaos d'émotions confuses et violentes. Le mari de ma tante est alors intervenu :

– Je vous en prie, essayons de garder notre calme. Les choses sont claires. Il y a deux possibilités : soit vous vous entêtez et vous refusez d'écouter les gosses, et dans ce cas nous porterons l'affaire devant le juge. Il y aura des tas de procédures longues et douloureuses, et ce sera très pénible pour tout le monde. Au bout de cet affrontement, vous n'aurez rien gagné : vos enfants obtiendront probablement gain de cause et en plus ils finiront par vous détester. Soit vous acceptez leur volonté et alors nous faisons un arrangement entre nous à l'amiable : vous les laissez venir habiter chez nous, et vous venez les voir quand vous voulez.

– Mais vous ne comprenez rien, s'est écrié mon père. S'ils vivent dans le monde, nous ne pourrons plus les voir !

– Mais si, bien sûr, a dit tante Brigitte d'une voix à nouveau posée. Sarah et Nicolas sont mineurs, il n'y a pas de raison que le Conseil des Sages ne vous autorise pas à leur rendre visite, comme c'est le cas quand il y a un divorce et que l'un des époux quitte la Communauté en emmenant les enfants. Rappelle-toi la famille Pasquin, Jean-Michel…

J'avais la gorge nouée. Je voulais que mes parents nous laissent partir et en même temps j'avais envie qu'ils refusent. Quoi qu'ils décident, j'allais être malheureuse. J'ai croisé le regard de ma tante : il y avait dans ses yeux une infinie pitié. Elle savait.

Bien des tractations ont eu lieu après cette visite. Le Conseil des Sages a rencontré mon oncle et ma tante à plusieurs reprises et les réunions ont parfois duré des demi-journées entières. Le Ministre de Dieu lui-même a été consulté. Cela n'a pas été simple, mais comme la Communauté voulait avant tout éviter d'avoir des démêlés avec la justice, la proposition de ma tante a finalement été acceptée. Nicolas et moi irions vivre chez elle, sans plus nous soumettre aux lois rigoristes. Mes parents verseraient à mon oncle et ma tante l'argent de notre pension et pourraient nous rendre visite tous les samedis. Nous serions également autorisés à revenir de temps en temps à la maison, à condition de ne pas prendre nos repas avec le reste de la famille. Cela vaudrait tant que nous serions mineurs. Après notre majorité, en revanche, il faudrait couper les ponts... Mais ça, personne ne voulait encore y penser.

J'étais très étonnée de l'extraordinaire générosité de mon oncle et ma tante : accepter de prendre en charge deux adolescents qu'ils ne connaissaient quasiment pas, ce n'était pas rien.

– Je me serais sentie très mal de vous voir partir dans une institution... Je me sens responsable de vous, tu sais, parce que je suis la seule à pouvoir comprendre ce que vous avez traversé... Et puis la maison nous paraissait vide, maintenant que les jumelles sont parties faire leurs études à Valence, m'a dit ma tante le jour où la décision a été prise et en réponse à mes remerciements. Cela nous fera plaisir d'avoir à nouveau de la jeunesse autour de nous.

Mais je savais bien qu'il y avait autre chose : sans doute ma tante guérissait-elle ainsi une vieille blessure, celle de sa propre rupture avec sa famille. Et puis je pense qu'elle nourrissait le secret espoir que mon père et ma mère, grâce à ces échanges forcés avec elle, et pour ne pas nous perdre, finiraient un jour par sortir eux aussi de la Communauté. Pour ma part, j'espérais cela plus que tout.

Nicolas et moi avons quitté la maison au début de juillet. Mon père avait passé les derniers jours à s'escrimer au jardin, traquant la moindre mauvaise herbe, la moindre fleur fanée. Ma mère pendant ce temps préparait nos bagages avec un soin maniaque et avait entrepris de récurer à fond la maison. L'ambiance était insupportable et j'aurais voulu être déjà partie. J'avais de la peine, pour eux et pour moi, mais je ne pouvais pas être à la fois dans « le monde » et sous leur toit et j'avais fait mon choix. C'était ça ou mourir à petit feu. Nicolas semblait plus serein que moi, et sa force de caractère m'étonnait. Alors qu'il m'avait surprise en train de pleurer, il m'a dit :

– Tu vois, on est comme les loups qui sont pris dans un piège et qui préfèrent s'arracher la patte plutôt que de rester coincés. Ça fait mal, mais après on sera libres.

J'ai essuyé mes larmes en reniflant avant de rétorquer :

– Libres, mais boiteux.

– Ouais, a dit Nicolas, boiteux, mais libres. Et puis on pourra toujours se coller une fausse patte, comme le chien qu'on a vu un jour devant l'école, tu te souviens ? Il était trop drôle quand il marchait…

Mon frère s'est lancé dans une démonstration à quatre pattes, et je n'ai pas pu m'empêcher de sourire.

Mon oncle et ma tante sont venus nous chercher un samedi matin. Mon père a chargé sans un mot les bagages dans le coffre de la voiture. Béatrice avait l'air désorientée, puis elle s'est mise à pleurer doucement et s'est collée contre papa. Maman ne pleurait pas. Son visage semblait aussi dur que la pierre.

– Ne vous inquiétez pas, a dit tante Brigitte. Nous prendrons bien soin d'eux et s'il y a le moindre souci nous vous appellerons. Nous vous attendons samedi prochain à la maison, comme ça vous verrez comment ils sont installés.

Nous nous sommes embrassés assez froidement. J'ai eu envie de me jeter dans les bras de ma mère, mais elle a fait brusquement demi-tour, poussant Béatrice devant elle. Elles sont rentrées dans la maison et la porte s'est refermée. Mon père est resté près du portail et a regardé démarrer la voiture. Mais il n'a fait aucun geste d'adieu. Quand je me suis retournée pour jeter un dernier regard par la lunette arrière, il se penchait sur la bordure de campanules. J'ai su que toute ma vie je resterais boiteuse.

Pour la première fois de notre existence, Nicolas et moi sommes partis en vacances. Mon oncle et ma tante avaient loué une petite maison en Corse et nous sommes allés y passer trois semaines, en compagnie de Juliette et Jeanne, nos cousines. J'ai découvert la Méditerranée, si différente de la terrible mer du Nord qui baignait Kilmarty, et Nicolas et moi avons appris à nager grâce aux leçons de nos cousines. Je trouvais au début étrange et choquant d'être presque nue au milieu de gens également dénudés, mais c'était si bon de sentir le soleil et l'eau sur ma peau que ma gêne a disparu au bout de quelques jours. J'ai remplacé mes chemisiers à manches longues par des T-shirts, mes jupes de grand-mère par des bermudas, et j'ai fait couper mes cheveux en un carré très court. Ça me manquait un peu de ne plus pouvoir tirer sur mes tresses, mais j'ai fini par m'y faire. Juliette et Jeanne se sont montrées des conseillères précieuses, m'aidant à choisir des vêtements, me prêtant des magazines et m'expliquant ce que je ne comprenais pas, sans jamais se moquer de mon ignorance des usages du monde. Nicolas a très vite trouvé des copains sur la plage en se mêlant aux jeux de ballon. Il était un peu déçu par notre oncle Stéphane, qui ne s'intéressait pas au sport et passait le plus clair de son temps à lire ou à pêcher, mais il a été transporté de joie lorsque ma tante lui a proposé de lui offrir des leçons de tennis et lui a acheté l'équipement nécessaire.

En le regardant taper maladroitement dans la balle, j'ai repensé au jour où j'étais allée au club de Saint-Gabin pour voir jouer Olivier. C'est là que j'avais parlé à Ben pour la première fois. Il m'avait fait peur ce jour-là, avec son sourire moqueur et, à côté de la silhouette élancée d'Olivier, il m'avait paru plutôt lourdaud. Je n'avais pas encore remarqué qu'il avait de beaux yeux verts… J'aurais bien aimé lui téléphoner à présent, mais je ne savais pas où le joindre pendant les vacances. En revanche j'avais pu reprendre contact avec Manon avant notre départ pour la Corse et nous avions passé plus d'une heure au téléphone. Ma tante avait promis de l'inviter à la rentrée. Elle et mon oncle se montraient très gentils pour nous. Je savais qu'elle comprenait mes moments de tristesse, et cela me réconfortait quand la pensée de mes parents devenait trop douloureuse. Mais il y avait tant de nouveautés pour me distraire, tant de découvertes à faire que ces instants plus sombres n'étaient guère nombreux. Chaque jour je sentais mon angoisse s'alléger un peu plus et mon équilibre revenir après ces mois de bouleversements. J'aurais voulu que les vacances s'éternisent.

Il a pourtant fallu laisser derrière nous la petite villa et son jardin aux senteurs de romarin, la plage de sable chaud et le clapotis des vagues, pour retrouver Mérande et commencer une nouvelle année scolaire.

J'avais découvert avec surprise que le pavillon de ma tante se trouvait dans le quartier résidentiel que j'avais traversé au cours de ma fugue, à quelques rues du petit square où je m'étais fait voler mon vélo. C'était une maison banale, mais agréable, où Nicolas et moi aurions chacun notre chambre, nos cousines nous ayant généreusement cédé les leurs. Elles ne revenaient pas souvent chez leurs parents depuis qu'elles étaient étudiantes et, pour ces occasions, elles s'installeraient dans la vaste pièce qu'oncle Stéphane projetait d'aménager pour elles sous les combles avec l'aide enthousiaste de Nicolas et moi.

Le collège n'était pas très loin de la maison et nous pourrions y aller à vélo, ou même à pied. Je devais en effet redoubler ma troisième, car je n'avais pas beaucoup travaillé durant l'année précédente. Cela ne me dérangeait pas, au contraire, car j'étais consciente de mes lacunes et contente de me retrouver dans le même établissement que mon frère pour cette première année. J'avais tellement de choses à rattraper. À l'école et ailleurs.

Sur le bateau qui nous ramenait sur le continent, je suis restée longtemps à regarder la mer et l'horizon, et les oiseaux qui se laissaient porter par les bourrasques de vent.

Épilogue

– Sarah tu peux aller chercher des boissons au frigo ? m'a crié Jeanne.

– J'y vais ! Tu viens, Manon ?

Suivie de ma copine, j'ai contourné le barbecue devant lequel s'affairait oncle Stéphane, faisant naître une âcre fumée que le vent rabattait sur le jardin. Nicolas finissait d'installer la table avec l'aide de Sélim.

– T'as vu comment les Espagnols ont marqué le deuxième but ? s'exclamait mon frère. Trop belle, cette action !

– Ouais, les défenseurs allemands étaient trop vénères ! Et quand l'arbitre a mis un carton jaune à l'autre, là…

– Ah ouais, c'était trop marrant !

Manon s'est tournée vers moi.

– Il est incroyable, ton frère : on croirait qu'il a passé toute sa vie à regarder des matchs de foot à la télé en bouffant des merguez !

– Ça, je dois dire…

– En tout cas, ton oncle et ta tante ont l'air trop gentils.

Je n'ai pu qu'approuver. Bien sûr, leur affection bienveillante ne suffirait jamais à effacer le chagrin lancinant que j'éprouvais à la pensée de mes parents, mais ils faisaient de leur mieux pour m'aider à le surmonter et je leur en étais reconnaissante. Ainsi, ma tante avait décidé d'organiser cette petite fête en notre honneur, deux semaines après la rentrée, pour nous présenter aux voisins et amis, et elle avait eu la gentillesse d'inviter Sélim et Manon, devinant que nous serions heureux de retrouver des visages connus.

– Attends, ai-je dit à Manon, je vais d'abord poser les livres dans ma chambre.

Je suis montée à toute vitesse dans ma chambre et j'ai posé sur le lit *Orgueil et Préjugés* et *La Fille du rajah*, que Mme Castellane avait remis à Manon pour me les offrir, cette fois pour de bon. J'étais touchée qu'elle ait ainsi pensé à moi. La prochaine fois que j'irais à Saint-Gabin, je passerais la remercier. J'ai jeté un dernier coup d'œil sur les couvertures prometteuses avant de descendre retrouver Manon.

Dans la cuisine, ma tante mettait la dernière main à une grande salade composée.

– On vient chercher les boissons, on en prend combien ?

– Vous n'avez qu'à emporter deux jus de fruits

et deux Coca pour l'instant. On verra après. Merci, les filles !

Elle est sortie avec son saladier.

– Waouh, t'as vu les petits-fours ? s'est écriée Manon. J'en pique un… Et toi, tu veux lequel ? Celui-ci ?

Elle me l'a fourré dans la bouche pendant que je sortais les bouteilles du frigo. J'ai repensé à ma première confession au cours d'une assemblée, la fois où j'avais été accusée d'avoir mangé un bonbon qu'elle m'avait donné.

– Bon, tu viens ? Tu rêves ou quoi ? m'a-t-elle lancé.

J'étais en train d'installer les bouteilles sur la table de l'apéritif quand ma tante est arrivée derrière moi.

– Sarah, il y a quelqu'un qui veut te saluer, a-t-elle dit.

Je me suis retournée et j'ai failli crier de surprise. Devant moi se tenait Benjamin, avec son allure de gros nounours et ses yeux verts. Je me suis sentie rougir et j'ai regardé mes tongs.

– Je vous laisse, a dit ma tante. Il faut que j'aille m'occuper de l'apéro.

Ben avait l'air un peu gêné.

– Ta tante a voulu te faire une surprise en m'invitant, j'espère que ça ne t'embête pas.

J'ai relevé la tête et j'ai dit :

– Non.

Table des matières

Du même auteur
aux éditions Thierry Magnier

Collection « Romans »

À vos risques et périls
Six adolescents choisis par Grave Productions affrontent des épreuves lors d'un jeu de téléréalité sur une île déserte. Enfin pas si déserte, pas si tranquille l'île... Nos candidats vont l'apprendre à leurs dépens.

Une année douce-amère
En cette année 1943, sous l'Occupation, l'école du village accueille des réfugiés, venus de loin. Émile, fils de paysans, se lance dans la résistance active, par amour pour Édith qu'il cherche à protéger.

Sur l'orénoque
Fuyant l'Europe nazie, Simon arrive chez son oncle Vlad à Caracas au Venezuela. Malgré son âge, ses réticences, Simon doit suivre son oncle dans une expédition scientifique aux sources encore inexplorées de l'Orénoque. Commence une longue remontée du fleuve.

Derniers titres parus aux éditions Thierry Magnier

Collection « Romans »

Silence, on irradie
de Christophe Léon
Un village à l'abri d'une centrale nucléaire. Un jour, une explosion pétrifie tout. Trois enfants survivent et se terrent pour de mauvaises raisons. Ils restent au village, seuls.

Héro, mon amour
de Anna Onichimowska traduit du polonais par Margot Carlier et Lydia. Waleryszak
En apparence, une famille aisée très heureuse. Mais tous cachent des secrets pour préserver une fausse sérénité. Chacun a besoin de sa "petite drogue" pour mieux fonctionner, être à la hauteur.

Mauvais plan
de Dana Reinhardt traduit de l'anglais (États-Unis) par Dominique Piat
Enna, Anna et Mariah ont très envie de passer une soirée chez un copain plus âgé mais elles savent que leurs parents refuseront. Alors elles inventent un mensonge énorme dont les conséquences les dépasseront complètement.

Contredanse
de Chiara Simonetti traduit de l'italien par Marguerite Pozzoli
Mariolina ne danse pas pour se distraire mais pour devenir une danseuse étoile. "Madame", leur professeur, est intransigeante et n'hésite pas à humilier ses élèves. Une dernière provocation de sa part et Mariolina ne se maîtrise plus.

Le Monde de Lenny
de Kate Banks traduit de l'anglais (États-Unis) par Valérie Dayre
Lenny dit toujours ce qui lui passe par la tête, exaspérant ses professeurs. Sa mère pose pour des publicités et doit constamment porter des gants. Est-ce parce qu'il ne connaît pas la douceur de ses mains, que Lenny doit aller voir Muriel ?

Pirate des Garages-Vides Rapport
de Corinne Lovera Vitali
Le rapport, c'est Jim qui l'écrit, pour le juge. Sa mère, Jean-François, l'instit, l'assistante sociale, le juge, tous sont d'accord pour qu'il change

d'air. Et lui aussi en fait. Alors il est parti à la campagne, la vraie, dans une ferme vraie aussi.

Les Tortues de Bolilanga

de Frank Prévot

Sur l'île indonésienne où vit Alam, la légende d'Ibou Min' lui permet de mieux accepter la mort de son petit-frère. Sur l'île de Bolilanga, la mère des anges recueille les enfants morts transformés en tortues. Aussi, Alam décide de protéger ce sanctuaire de la voracité des promoteurs immobiliers.

Les Égarements de Lily

de Véronique M. Le Normand

En une seule nuit, Lily se retrouve défigurée pour plusieurs jours. Cachée chez sa tante, loin des regards, le temps s'arrête. Une semaine pleine de questions. Pourquoi elle et pourquoi maintenant ?

Le Chevalier au loup

de Viviane Moore

1198. Padrig guide les pèlerins de l'abbaye de Beauport en Bretagne jusqu'à Saint-Jacques de Compostelle. Son fils Armel l'accompagne pour la première fois et devra vite prendre la relève et élucider le meurtre de son père.

Un soir, j'ai divorcé de mes parents

de Rachel Hausfater

C'est décidé, il divorce... de ses parents. Pas pour tout le temps, mais un week-end sur deux, il part, seul, à l'aventure, pour se chercher et peut-être se trouver. Il va apprendre à regarder ses parents et la vie d'un autre œil.

Oasis dans le Pacifique

de Jaime Alfonso Sandoval traduit de l'espagnol (Mexique) par Alexandar Grujičić

Quelle famille ! Don Pepe Topete, le père, invente des combines les plus folles, pour offrir à sa famille une vie décente. Dernière en date : émigrer dans un nouveau pays que personne ne connaît mais où la vie sera douce et facile pour tous.

Brèves rencontres avec ma mère

de Dana Reinhardt traduit de l'anglais (États-Unis) par Dominique Piat

Simone a toujours su qu'elle était une enfant adoptée. Sa rencontre avec Rivka, la femme qui l'a mise au monde, va provoquer de grandes questions d'ordre religieux et culturel.

Cascades et gaufres à gogo

de Maria Parr traduit du norvégien par Jean-Baptiste Coursaud

Trille et Léna sont les meilleurs amis du monde, rien ne saurait les séparer. Mais lorsque Léna trouve un papa et donc un mari pour sa mère, cela signifie un déménagement loin de Trille. Leur amitié tiendra-t-elle le coup ?

C'est pour toi que le rôdeur vient
de Adrienne Maria Vrettos traduit de l'anglais (États-Unis) par Pierre Charras

Dylan tient secret un don effrayant. Elle a la vision d'enfants assassinés et du lieu où ils se trouvent. La disparition de la petite sœur de son amie va l'obliger à aller au fond d'elle-même et à anticiper ses visions.

Le Jour de toutes les dernières fois
de Martha Heesen traduit du néerlandais par Emmanuèle Sandron

Boniface est un artiste sensible à l'infime. Jamais vraiment là, il passe son temps à dessiner. Ses absences répétées inquiètent sa famille mais sa dernière fugue est plus grave. Chacun va devoir affronter ses fêlures pour faire front ensemble.

Nouvelles re-vertes
Collectif

Treize auteurs nous peignent un tableau utopique, ironique, de la planète. L'homme a le choix de son avenir... Et, si le miracle n'est pas pour demain, l'humour est une constante de ces nouvelles.

La Guerre au bout du couloir
de Christophe Léon

Le mois de juin 1962 est très chaud à Oran. Maurice se retrouve seul à la maison avec son petit frère Alain. Il part chercher de l'aide mais tout a changé : leur tante n'est pas là non plus et des Algériens en armes défilent dans les rues.

Orages d'été
de Barbara Hall traduit de l'anglais par Jean Esch

L'été est de plomb à la ferme cette année-là et la récolte est compromise. Dutch sent bien que cela ne durera pas. L'arrivée dans sa famille de Norma, sa cousine, va ébranler les certitudes, révéler les secrets.

Dans sa peau
de Benoît Broyard

La vie est trop moche chez lui, alors il part se réfugier dans une maison vide au plus profond de la forêt vosgienne. C'est là qu'il va tenter de se mettre dans la peau d'un autre. Mais la voix obsédante de son père ne le lâche pas.

Le Garçon qui voulait changer de nom
de Bodil Bredsdorff traduit du norvégien par Jean-Baptiste Coursaud

Dåp veut retrouver le nom que sa mère lui a donné. Dorénavant, il s'appellera Alek. Il part en bateau retrouver son grand frère Ravnar. Une nuit, il surprend des naufrageurs attirant un vaisseau sur les brisants pour en piller la cargaison.

Notre petite vie cernée de rêves
de Barbara Wersba traduit de l'anglais par Jean Esch

Albert s'ennuie dans une vie banale. Orpha Woodfin, une vieille voisine semi-clocharde, va le réveiller. Auprès d'elle, Albert se prend à vivre ses rêves. Tout devient possible, il suffit d'y croire.

Tu peux pas rester là

de Jean-Paul Nozière

Mei et sa mère vivent depuis six ans à Sponge. Aucune des deux n'a de papiers français, or les gendarmes ont reçu des ordres : il faut expulser les sans-papiers de la ville. Les habitants de Sponge vont se mobiliser pour leur cause.

Une fille comme ça

de Sara Zarr traduit de l'anglais (États-Unis) par Valérie Dayre

« C'est Deanna, tu sais la fille qui... » Cette phrase, Deanna a l'impression de l'entendre chuchotée sur son passage chaque jour depuis quatre ans. Il est temps de tordre le cou aux rumeurs, de redresser la tête et de regarder le monde droit dans les yeux.

L'Île aux chats

de Kim Chungmi traduit du coréen par Yang Jung-Hee

Dans un bidonville où se réfugient les plus pauvres des pauvres, habitent Sukja et Sukhŭi, deux sœurs jumelles, et aussi les frères Tongsu et Tongjun. Lâchés par leurs parents, ils font cause commune dans la débrouille de chaque jour...

Ce qu'ils savent

de Charlie Price traduit de l'anglais (États-Unis) par Pierre Charras

Murray se réfugie souvent dans le cimetière. Il discute avec les morts. Un jour, il entend une nouvelle voix pleurer et appeler au secours. En ville, la police est sur les dents : Nikki a disparu. Comment Murray pourra-t-il faire savoir ce qu'il entend ?

L'Alibi

de Mikaël Ollivier

On m'a menti durant quinze ans. La politesse, la grammaire, le piano, la physique et le bac tout au bout pour se préparer un avenir... Foutaises ! La seule chose qu'on devrait enseigner à l'école, c'est que la vie peut basculer en un clin d'œil.

Et tu te soumettras à la loi de ton père

de Marie-Sabine Roger

Tu es mon père et je te crains. Ta religion ne sait se décliner qu'en interdits : tu ne nous élèves pas, tu nous rabaisses. La foi, entre les mains d'un homme comme toi, c'est une arme de poing. Je comprends que partir est nécessaire. Je veux vivre.

Faux raccord

de Per Nilsson traduit du suédois par Agneta Segol

Il croise une jeune fille dans le bus et en tombe éperdument amoureux. Ils font connaissance. La séparation d'un mois pour cause de voyage aux États-Unis confortera leur amour, il en est sûr. Au retour, le malentendu éclate : grand amour pour lui, grande amitié pour elle.

Quand elle sera reine
de Rachel Hausfater
Depuis toujours Mira se nourrit de sa colère. Elle marche la tête haute. Malgré une mère trop vite envolée. Malgré l'amour qui parfois fait mal... Et, quand la guerre approche, Mira devient l'ennemie. Seule sa rage pourra la faire tenir debout.

Le Garçon qui pensait être de trop
de Bodil Bredsdorff traduit du norvégien par Jean-Baptiste Coursaud
L'hiver est rude à la baie aux Corneilles. Les réserves s'épuisent et Tink se sent de trop... L'arrivée de Burd va modifier la donne. Usé par sa vie d'alcoolique, Burd est encore un fin pêcheur. Il va initier Tink et, grâce à eux, personne n'aura faim cet hiver-là.

Né sur X
de Anne Percin
Otage des Gloums sur Terre depuis dix ans, Nicolas a décidé de retourner sur sa planète d'origine, retrouver les siens. Car il connaît maintenant la vérité : il est né sur X. La fiction sera son refuge, le temps qu'il accepte d'entendre qu'il est adopté...

Si tu n'existais pas
de Williams Crépin
Bercée par les chansons de Joe Dassin et de Michel Sardou, la vie de Fredo est tout sauf monotone. Alice, sa maman, lui cherche un père, un papa, à tout prix. En attendant, Fredo rêve de devenir un champion comme son idole, le nageur Mark Spitz.

Celui qui n'était pas encore le Che
de Christian Moire
Avant d'affronter leur vie d'adulte, Ernesto et Alberto partent explorer l'Amérique du Sud à moto. À force de débrouillardise et de persévérance, leur long périple les mènera à destination. Un voyage initiatique qui a forgé la personnalité de celui qui deviendra le Che.

Frères de rap
de Janet McDonald traduit de l'anglais (États-Unis) par Natalie Zimmermann
Nate a seize ans et vient d'Harlem. Contrairement à ses amis d'enfance qui vivent de petits trafics en tous genres, il a obtenu une bourse pour intégrer un grand lycée chic. Difficile de faire cohabiter ces deux mondes et Nate refuse de choisir.

À vos risques et périls
de Pascale Maret
Six adolescents choisis par Grave Productions affrontent des épreuves lors d'un jeu de téléréalité sur une île déserte. Enfin pas si déserte, pas si tranquille l'île... Nos candidats vont l'apprendre à leurs dépens.

Sur la touche
de Lars Saabye Christensen traduit du norvégien par Jean-Baptiste Coursaud
Otto veut jouer dans l'équipe de foot mais personne ne veut de

lui, malgré ses efforts. Il s'entraîne inlassablement dans la cour de l'immeuble. L'été brûlant, alors que la ville est désertée, Otto ne lâche pas prise pour entrer enfin dans le match.

Nous sommes tous tellement désolés

de Jean-Paul Nozière

Au village, ils n'ont pas aimé voir débarquer Vassile, un étranger qui a hérité la maison de sa mère. Vassile veut comprendre... Comprendre celle qui l'a abandonné dix ans auparavant et qui lui lègue une baraque branlante au milieu des vignes.

Collection « Nouvelles »

Totale angoisse

de Brigitte Aubert

Tueur en série, évadé de prison, psychotiques livrés à eux-mêmes... Une série de récits à suspense, du thriller cent pour cent, sang pour sang.

Pas folle la guêpe

de Hervé Giraud

Il a huit ans, douze ou quinze. Il nous raconte sa famille, ses plaisirs et ses doutes, ses courages, ses lâchetés...Sa vie. Il nous révèle les trésors inépuisables du quotidien.

Demain ça ira mieux

de Jean-Paul Nozière

Il y a des jours où tout va de travers. Avec humour, suspense et tendresse, Jean-Paul Nozière dresse le portrait de ces perdants magnifiques dont la vie est soudain au-dessus de leur force. Demain, ça ira mieux ?... On peut toujours rêver.

Périgord noir

de Louis Sanders

Le Périgord... Ses forêts giboyeuses, son foie gras, ses Anglais, sa Dordogne, ses châteaux... Ses crimes. Six histoires où le crime s'invite dans la vie de tous les jours. De la littérature noire qui sait toucher au plus profond de l'âme humaine.

Le Bâtard de l'espace

de Colin Thibert

Entre clonage, trafic d'organes, divorce parents-enfants et voyages dans le temps, dix nouvelles de science-fiction pas si loin que ça de la réalité et qui, par un humour dévastateur, dressent un portrait délirant et catastrophique de notre futur proche.

La Botte secrète

d'Éric Boisset

Onze aventures toutes véridiques, onze bêtises plus grosses et plus drôles les unes que les autres... Des nouvelles d'une grande fraîcheur qui saisissent ces rares moments de vie où seuls comptent l'instant présent et la certitude d'une éternelle jeunesse.

Noir américain

d'Armand Cabasson

Quand le rêve américain tourne au cauchemar, c'est tout le monde moderne qui vacille. En dix nouvelles à suspense, passant du pur thriller au polar psychologique, ce recueil coup de poing trace un portrait au vitriol d'une Amérique qui se perd.

Quand le sentiment...

de Hubert Ben Kemoun

Un recueil d'histoires d'amour... qui finissent mal ! Avec beaucoup d'humour et un sens aigu de l'observation, l'auteur plonge les lecteurs au plus profond du ressenti amoureux, pour le meilleur, mais surtout pour le pire.

L'Écho des armes

de Yann Mens

Dans le métro, les mendiants ont des histoires qui se confondent avec l'Histoire dont on parle au JT. Tout comme celles des jeunes femmes africaines qui gardent nos enfants et dont on ne soupçonne pas le passé. Un tableau géopolitique contemporain des pays en guerre.

Le Chant des lunes

de Gudule

Les voyages forment la jeunesse, disent les vieux ! En tout cas, ils permettent de découvrir des mondes bien différents des nôtres... et parfois inquiétants. Un univers fantastique et futuriste pour dix nouvelles tour à tour drôles et cruelles.

Tirez sur l'ambulance

de Colin Thibert

Peut-on rire de tout ? Si certains hésitent encore sur la réponse à cette question, les dix nouvelles qui composent ce recueil vont leur ôter leurs derniers doutes. Toujours drôles, ces nouvelles poursuivent la grande tradition de la littérature de genre.

Des petits riens au goût de citron

de Régine Detambel

Parfois de petits moments passent comme une ombre et changent la vie durablement. Moments d'héroïsme ou de lâcheté qui, la plupart du temps, filent sans laisser de trace, mais que Régine Detambel a l'art de retenir et de rappeler à notre mémoire.